SALVEZZA

UN ROMANZO DI ASH PARK

MEGHAN O'FLYNN

Copyright © 2017 Pygmalion Publishing

Questo è un lavoro di fiction. Nomi, personaggi, aziende, luoghi, eventi e incidenti sono prodotti dell'immaginazione dell'autore o sono utilizzati in modo fittizio. Ogni somiglianza con persone reali, vive o morte, o eventi reali è puramente casuale. Le opinioni espresse sono quelle dei personaggi e non riflettono necessariamente quelle dell'autore.

Nessuna parte di questo libro può essere riprodotta, archiviata in un sistema di recupero, scansionata, trasmessa o distribuita in alcuna forma o con alcun mezzo elettronico, meccanico, fotocopiato, registrato o altro senza il consenso scritto dell'autore. Tutti i diritti riservati.

Distribuito da Pygmalion Publishing, LLC

CAPITOLO 1

Che cazzo vuoi essere, ragazzo?

La voce del sergente istruttore risuonava nella testa di Edward Petrosky, sebbene fossero passati due anni da quando aveva lasciato l'esercito e sei da quando gli era stata urlata quella domanda. All'epoca, la risposta era stata diversa. Anche un anno fa, avrebbe detto «un poliziotto», ma era più perché sembrava una via di fuga dall'esercito, proprio come la Guerra del Golfo era stata una fuga dal silenzio carico di tensione della casa dei suoi genitori. Ma l'impulso di scappare era passato. Ora avrebbe risposto «Felice, signore», senza la minima traccia di ironia. Il futuro si prospettava buono; decisamente migliore dei primi anni novanta o degli anni ottanta.

Grazie a *lei*.

Ed aveva conosciuto Heather sei mesi prima, nella primavera che precedeva il suo venticinquesimo compleanno, quando l'aria ad Ash Park odorava ancora di morte terrena. Ora si girò sulle lenzuola color «prugna», come le aveva chiamate lei, e le avvolse un braccio intorno alle spalle, lo sguardo fisso sul soffitto a buccia d'arancia.

Un minuscolo mezzo sorriso le aleggiava sul viso con uno strano tic all'angolo della bocca, quasi uno spasmo, come se le sue labbra non fossero sicure se sorridere o corrucciarsi. Ma gli angoli dei suoi occhi ancora chiusi erano increspati: decisamente un sorriso. *Al diavolo la corsa.* La notte in cui l'aveva incontrata, aveva sorriso così. C'erano a malapena cinque gradi fuori e lei si stava togliendo il giubbotto di pelle; quando lui si era fermato, lei aveva già avvolto la giacca intorno alla donna senzatetto seduta sul marciapiede. La sua ultima ragazza era solita infilare il pane all'aglio extra nella sua borsa quando andavano a mangiare fuori, ma si rifiutava di dare anche solo venticinque centesimi agli affamati, citando la «mancanza di forza di volontà» di quei degenerati. Come se qualcuno scegliesse di morire di fame.

Heather non avrebbe mai detto una cosa del genere. Il suo respiro era caldo contro la sua spalla. Ai suoi genitori sarebbe piaciuta? Immaginò di guidare per i trenta minuti fino a Grosse Pointe per il Ringraziamento la settimana successiva, immaginò di sedersi al loro tavolo da pranzo antico, quello con la tovaglia di pizzo che copriva tutte le cicatrici. «Questa è Heather», avrebbe detto, e suo padre avrebbe annuito, impassibile, mentre sua madre avrebbe offerto rigidamente il caffè, i suoi occhi azzurro acciaio che giudicavano silenziosamente, le labbra serrate in una linea tesa e esangue. I suoi genitori avrebbero fatto domande velatamente indiscrete, sperando che Heather venisse da una famiglia benestante - non era così - sperando che sarebbe stata una brava casalinga o che avesse il sogno di diventare un'insegnante; ovviamente, solo fino a quando non gli avesse dato dei figli. Roba da Medioevo. I suoi genitori non amavano nemmeno Hendrix, e questo la diceva lunga. Si poteva capire tutto di una persona chiedendo la sua opinione su Jimi.

Ed progettava di dire ai suoi genitori che Heather era una libera professionista e di lasciar perdere il resto. Non avrebbe menzionato di averla incontrata durante un'operazione contro la prostituzione, o che il primo braccialetto che le aveva messo al polso era fatto di acciaio. Alcuni potrebbero sostenere che l'inizio di una grande storia d'amore non potesse assolutamente coinvolgere prostituzione e quasi ipotermia, ma si sbaglierebbero.

Inoltre, se non l'avesse messa lui nella sua volante, l'avrebbe fatto un'altra pattuglia. In un altro momento, con un'altra ragazza, avrebbe potuto reagire diversamente, ma lei stava tirando su col naso, piangendo così forte che poteva sentirle battere i denti. «Stai bene?» le aveva chiesto. «Hai bisogno di un po' d'acqua o di un fazzoletto?» Ma quando aveva dato un'occhiata nello specchietto retrovisore della volante, aveva visto le sue guance bagnate, le sue mani che si sfregavano freneticamente le braccia, e si era reso conto che il suo tremore era più che altro dovuto al freddo.

Ora Heather si stiracchiò con un rumore che era metà gemito e metà miagolio, e si rannicchiò ancora di più sotto le coperte. Ed sorrise, lasciando vagare lo sguardo oltre la sua spalla fino alla sua uniforme sulla sedia nell'angolo. Ancora non poteva credere di averle tolto le manette nel parcheggio del supermercato e di averla lasciata seduta nell'auto riscaldata mentre lui entrava nel negozio da solo. Quando era tornato con un pesante cappotto giallo, gli occhi di lei si erano riempiti di lacrime, e gli aveva sorriso di nuovo in un modo che gli aveva fatto sentire il cuore quattro volte più grande, lo aveva fatto sentire più alto come se fosse un eroe e non l'uomo che aveva appena cercato di arrestarla. Avevano parlato per ore dopo, lei sussurrando all'inizio e guardando fuori dai finestrini come se potesse mettersi nei guai solo per aver parlato. Non gli aveva detto allora che odiava il giallo - l'aveva scoperto più tardi. Non che ci fossero state molte opzioni in quel supermercato fuori dall'autostrada, comunque.

Ed lasciò rilassare la vista, la sua uniforme nera sfocata contro la sedia. Heather gli aveva detto che non aveva mai parlato con nessuno in quel modo prima, così apertamente, così facilmente, come se si conoscessero da sempre. D'altra parte, aveva anche detto che era la prima volta che batteva il marciapiede; le probabilità che fosse vero erano scarse, ma a Ed non importava. Se il passato di una persona la definisse, allora lui sarebbe stato un assassino; uccidere qualcuno durante una guerra non rendeva quella persona meno morta. Lui e Heather stavano entrambi ricominciando da capo.

Heather gemette di nuovo dolcemente e si avvicinò a lui, i suoi occhi chiari socchiusi nella penombra. Le scostò il singolo ricciolo color mogano appiccicato alla fronte, impigliando accidentalmente il dito calloso nell'angolo del taccuino sotto il suo cuscino - doveva essere rimasta sveglia a scrivere di nuovo appunti sul matrimonio.

«Grazie per essere venuto con me ieri», sussurrò, la voce roca per il sonno.

«Nessun problema». Avevano portato suo padre, Donald, al supermercato, le dita nodose di Donald tremavano ogni volta che Ed guardava la sedia a rotelle. Insufficienza cardiaca congestizia, artrite - l'uomo era un disastro, non era stato in grado di camminare per più di pochi passi per oltre un decennio, e a detta di tutti, non dovrebbe essere vivo ora; di solito, l'insufficienza cardiaca congestizia si portava via le sue vittime entro cinque anni. Un motivo in più per uscire di casa e godersi ogni giorno, diceva sempre Heather. E ci avevano provato, avevano persino portato suo padre al parco per cani, dove il barboncino nano del vecchio aveva abbaiato e corso intorno alle caviglie di Ed finché Ed non lo aveva preso in braccio e grattato la sua testolina pelosa.

Si abbassò sul cuscino accanto a lei, e lei fece scorrere le dita sui muscoli duri del suo braccio e sul suo petto, poi annidò la testa nel suo collo. I suoi capelli avevano ancora l'odore dell'incenso della chiesa della sera prima: piccante e dolce con un sottofondo amaro di bruciato sopra lo shampoo alla gardenia che usava. Le funzioni in chiesa e il bingo settimanale di Donald erano le uniche uscite a cui Petrosky si sottraeva. C'era qualcosa in quella chiesa che infastidiva Ed. La sua famiglia non era particolarmente religiosa, ma non pensava che fosse quello il problema; forse era il modo in cui il papa indossava cappelli sfarzosi e mutande dorate, mentre persone meno fortunate morivano di fame. Almeno Padre Norman, il prete di Heather, dava tanto quanto riceveva. Due settimane prima, Petrosky e Heather avevano portato tre sacchi della spazzatura pieni di vestiti e scarpe che il padre aveva raccolto al rifugio per senzatetto dove Heather faceva volontariato. Poi avevano fatto l'amore nel sedile posteriore della sua auto, appena svuotato. Quale donna avrebbe potuto resistere a una vecchia Grand Am con i freni cigolanti e un interno che puzzava di gas di scarico?

Heather gli baciò il collo appena sotto l'orecchio e sospirò. «Papà ti vuole bene, lo sai», disse. La sua voce aveva la stessa qualità rauca dell'aria gelida autunnale che faceva frusciare i rami fuori.

«Eh, pensa solo che io sia un bravo ragazzo perché faccio volontariato al rifugio». Cosa che Ed non faceva. Ma settimane prima che Ed incontrasse l'uomo, Heather aveva detto a suo padre che lei ed Ed lavoravano insieme al rifugio, e anche dopo che lui e Donald erano stati presentati, non aveva detto a suo padre che si frequentavano. Poteva capirlo però - l'uomo era severo, specialmente con la sua unica figlia, un altro genitore dell'era "chi risparmia la verga, vizia il figlio". Come il padre di Ed.

Un ricciolo le cadde sull'occhio, e lei lo soffiò via. «Pensa che voi due abbiate molto in comune».

Donald ed Ed passavano la maggior parte del tempo insieme parlando dei loro incarichi rispettivamente in Vietnam e Kuwait, ma non avevano mai discusso esattamente di ciò che avevano fatto. Ed presumeva che questo fosse un altro motivo per cui Donald apprezzava Padre Norman; il prete era stato un soldato prima di unirsi alla chiesa, e nulla rendeva gli uomini fratelli come gli orrori del campo di battaglia. «Mi piace anche tuo padre. E l'offerta è ancora valida: se ha bisogno di un posto dove stare, possiamo occuparcene qui».

Lei spostò il peso, e il profumo di gardenia e incenso gli solleticò di nuovo le narici. «Lo so, e sei dolce ad offrirlo, ma non abbiamo bisogno di farlo».

Ma lo avrebbero fatto, alla fine. Un senso di disagio punzecchiò Ed nel profondo del cervello, un piccolo ghiacciolo di brina che si diffondeva fino al midollo della sua spina dorsale. Donald aveva lavorato all'ufficio postale dopo la guerra, durante la prima infanzia di Heather, e attraverso il suicidio di sua moglie, ma il suo cuore lo aveva messo fuori combattimento quando Heather era adolescente. L'uomo aveva messo da parte un po' di soldi, ma se Heather era stata così disperata da vendere il proprio corpo, il gruzzolo accuratamente accumulato da Donald doveva star per esaurirsi. «Heather, potremmo-»

«Starà bene. Ho risparmiato sin da quando è morta mia madre, giusto in caso. Ha più che abbastanza per mantenersi fino a quando... se ne andrà».

Se ha tutti questi soldi, perché andare per strada? «Ma-»

Lei gli coprì la bocca con la sua, e lui le mise una mano sulla parte bassa della schiena tirandola più stretta a sé.

Vivere in un posto tutto suo era il modo di suo padre per mantenere l'indipendenza? O era di Heather? In ogni caso, l'intuito gli diceva di non insistere, e l'esercito gli aveva insegnato ad ascoltare il suo istinto. Suo padre era un argomento che Heather raramente affrontava. Probabilmente era per questo che Ed non sapeva che la sua relazione con Heather fosse un segreto... finché non gli era sfuggito. E il giorno dopo, era tornato dal lavoro, e le cose di Heather erano nella sua camera da letto. *È perfetto per noi, Ed. Posso restare?*

Per sempre, aveva detto lui. *Per sempre*.

Stavano andando troppo veloce? Non si stava lamentando, non voleva un corteggiamento lungo e prolungato, ma erano passati solo sei mesi, e non voleva mai che Heather gli rivolgesse lo stesso sguardo che sua madre rivolgeva sempre a suo padre: *Dio, perché sei ancora vivo? Vai avanti e muori così posso avere qualche anno felice da sola prima di tirare le cuoia.*

«Sei felice qui?» le chiese. «Con me?» Forse dovevano rallentare un po' le cose. Ma Heather sorrise in quel suo modo nervoso e spasmodico, e il suo petto si scaldò, il ghiacciolo nella sua spina dorsale si sciolse. Era sicuro. Il suo istinto diceva: «Per l'amor del cielo, sposala e basta».

«Più felice di quanto sia mai stata», disse lei.

Ed baciò la cima della sua testa, e mentre lei si inarcava contro di lui, sorrise nella tenue luce grigia dell'alba. Tutto aveva un profumo più dolce quando si avevano venticinque anni ed era finito il servizio attivo nel deserto, quando ogni strada era ancora tua da percorrere. Ne aveva viste di cose, lo sapeva bene, e ancora lo tormentavano di notte: l'orrore dei commilitoni uccisi al suo fianco, l'acre fumo della polvere da sparo nell'aria, il sapore del sangue. Ma tutto ciò sembrava così maledettamente lontano ormai, come se il ritorno a casa lo avesse trasformato in qualcun altro, qualcuno che non era mai stato un soldato - tutte quelle stronzate militari erano il bagaglio di qualcun altro.

Tracciò la dolce curva della schiena di Heather e lasciò che il bagliore porcellana della sua pelle nel mattino fosco cancellasse gli ultimi residui di memoria. Anche con le strade coperte di neve fradicia che ti gelava le dita dei piedi non appena uscivi, il suo sorriso - quel sorriso un po' strano - lo riscaldava sempre.

Sì, quest'anno sarebbe stato il migliore della vita di Ed. Lo sentiva.

CAPITOLO 2

Ed accese una sigaretta e soffiò il fumo fuori dal finestrino ghiacciato, aperto nonostante facesse più freddo delle palle di uno yeti. Patrick O'Malley lo guardò accigliato comunque, le sopracciglia nere unite al centro della sua fronte piatta. Ed aveva sempre pensato che gli irlandesi fossero rossi di capelli, ma questo qui li aveva scuri come gli occhi, più degli italiani.

«Mi romperai le scatole di nuovo per il fumo?» borbottò Ed.

«Non oggi», disse Patrick al parabrezza, grattandosi la tempia dove una minuscola spruzzata di grigio striava i capelli vicino al bordo del cappello d'ordinanza. «Aspetterò fino a domani per dirti che morirai di cancro ai polmoni».

«I dottori dissero a mia madre di fumare quando era incinta perché le faceva bene». Ed aspirò più profondamente dalla sigaretta. Qualcosa a che fare con il controllo del peso, anche se sua madre aveva comunque espresso la sua disapprovazione per il fumo di *lui*, e a differenza di Patrick, l'aveva fatto in un modo che faceva sentire Ed in colpa invece che sulla difensiva. Le madri erano brave a farti sentire in colpa senza nemmeno provarci - come potevi mai ripagare una donna per aver fatto uscire il tuo culo grasso e strillante all'esistenza?

«Il fumo salutare è raro come i denti di gallina».

Fottuto irlandese. Ma Ed era tutto muscoli sotto la sua uniforme da poliziotto, e correva un'ora quasi ogni mattina senza perdere fiato - finché non avesse smesso di essere in grado di farlo, avrebbe evitato di ripensare alla sua abitudine al tabacco. «Ti farò vedere io i denti di gallina». Soffiò una boccata di fumo in faccia a Patrick, e l'uomo socchiuse gli occhi, aggrottò le sopracciglia e abbassò il finestrino.

«Puoi anche ucciderti quanto ti pare, ma non portarmi con te!» Patrick tirò su col naso con forza e si pulì la minuscola macchia di polvere bianca da sotto una narice. Ed distolse lo sguardo. La coca non aveva mai impedito a Patrick di fare il suo lavoro, e metà dei soldati di stanza con Ed oltreoceano non sarebbero stati in grado di reggere se non avessero cavalcato un ago la notte.

«Starai bene, Paddy».

«Non si tratta di me. Il tuo nuovo cappotto puzzerà di merda, e ci hai messo un'ora del cazzo a sceglierlo».

Ed lanciò un'occhiata alla borsa sul sedile posteriore vuoto dietro di lui - voleva portare la giacca a pranzo con loro quel pomeriggio. E nella sua testa, poteva sentire il padre di Heather: «Dove hai preso quel cappotto comunque? Pensavo che odiassi il giallo».

Lei era arrossita abbastanza da far capire a Ed che doveva essere vero. Ma il viola... lei amava il viola. Non era sicuro dello stile, ma un cappotto era un cappotto, no? *Forse ha pianto quando le hai dato il primo perché era semplicemente così di merda.* L'aveva chiamato il suo «limone preferito» dopo che lui aveva scoperto il suo odio per quel colore. Ora Ed ordinava sempre limoni nella sua acqua, solo per farle fremere il labbro.

«Il cappotto andrà bene anche quello». Si girò di nuovo verso il davanti e guardò fuori dal finestrino, osservando a sinistra e a destra in cerca di fari rotti e automobilisti che andavano troppo veloci, ma vide solo la neve ammucchiata contro i marciapiedi e un guanto solitario congelato sul marciapiede. Come faceva Patrick a farlo anno dopo anno? L'uomo era in servizio quando Ed era ancora alle medie. Ma anche il vecchio Paddy poteva esserne stufo; alla stazione lo chiamavano "Palle di Pietra" dal nome di qualche cannone - un cannone sciolto - anche se l'irlandese era ancora abbastanza amico dei pezzi grossi da farla franca con scartoffie perse o malviventi che si lamentavano che Paddy li aveva ammanettati troppo stretti. Ed sospirò una nuvola carica di tabacco nell'aria gelida e chiuse il finestrino proprio mentre le ruote sollevavano fanghiglia dal canale di scolo, schizzando neve sporca contro il finestrino. Giornata schifosa. E stava per peggiorare. Forse.

Ed si schiarì la gola. «Più tardi andremo in quella bettola su Gratiot», disse, e Patrick aggrottò la fronte finché Ed non concluse: «Ci sarà Heather».

A questo punto il partner di Ed alzò un sopracciglio. «Finalmente conoscerò la tua ragazza, eh?»

Ed annuì invece di rispondere - la sua bocca era diventata troppo secca per parlare. *Dovremmo aspettare.* Non aveva ancora comprato nemmeno un anello, ma Donald lo aveva fissato così intensamente la sera in cui gli avevano detto che lei si sarebbe trasferita, che Ed le aveva fatto la proposta nel momento in cui erano rimasti di nuovo soli. Il tipo era probabilmente incazzato nero per il fatto che fossero andati a vivere insieme senza prima pronunciare i voti davanti a Dio, ma Donald, più di tutti, sapeva che le belle storie d'amore non sono perfette all'inizio... o alla fine. La più grande paura di Heather era di finire come sua madre, con una pistola in mano e un proiettile in testa. Ma questa storia non sarebbe finita così.

Patrick sorrise, con quel ghigno storto che Ed considerava tipicamente irlandese e compiaciuto. «Era ora che conoscessi la donna che hai tenuto nascosta».

Lo stomaco di Ed si inacidì. *Avrei dovuto parlargli di Heather prima, confessargli la cosa della prostituzione.* No, non c'era motivo di metterla in imbarazzo inutilmente, e lei non aveva precedenti penali - Patrick non avrebbe avuto idea del suo passato. Lei aveva detto che aveva battuto il marciapiede solo una volta, comunque. Ma avrebbe fatto differenza per il suo partner? O il fatto che Heather fosse stata nella squadra di atletica del liceo, che fosse stata una studentessa modello, che dedicasse ore del suo tempo ogni settimana al rifugio? Ogni donna che Patrick aveva fermato durante quel blitz era finita in cella - il suo culo irlandese cattolico santarellino avrebbe avuto qualcosa da dire sul fatto che Heather fosse stata una-

La radio gracchiò; codice dieci-cinquantasei. Pedone ubriaco. Patrick si fermò a un semaforo - questa chiamata era troppo blanda persino per giustificare la sirena - ed Ed osservò un sacchetto di plastica abbandonato vorticare nell'aria fredda e grigia e atterrare su un cumulo di neve. Sospirò di nuovo. «Se potessi essere qualsiasi cosa...» gli aveva chiesto Heather la notte in cui si erano conosciuti, con gli occhi scintillanti nella luce bianca e brillante del parcheggio del supermercato. «Cioè... pensi che farai il poliziotto per sempre?»

No, non l'aveva fatto, ma non l'aveva mai detto ad alta voce prima, a nessuno. «Sono un ottimo tiratore», le aveva detto. «Forse un giorno l'accademia mi permetterà di insegnare». E dopo una pausa, aveva chiesto anche a lei: «Tu cosa vuoi fare per il resto della tua vita?»

«Ho sempre amato gli animali. Forse farò il veterinario. O gestirò uno zoo. Alleverò colombe». E lui poteva vederlo, le colombe, lei seduta su una panchina del parco con quel suo sorriso nervoso mentre gli uccelli le si affollavano intorno. Come Mary Poppins, ma più carina.

Ed incrociò le braccia sul suo addome scolpito, osservando la neve sciolta attraverso il finestrino del passeggero. Accidenti, avrebbe dovuto diventare uno di quei personal trainer invece: i pancake ogni mattina erano stati la fine di sua nonna. Infarto a cinquantacinque anni. Un vero peccato. A cinquantacinque anni, lui avrebbe bevuto il caffè nella sua sala da pranzo in qualche quartiere adatto ai bambini, con Heather che gli avrebbe rivolto quel suo sorriso nervoso dall'altra parte del tavolo senza tovaglia di pizzo o altre coperture perché avrebbero accettato le cose per quello che erano, cicatrici comprese. Forse lui e Heather avrebbero interrogato la nuova fidanzata del loro figlio su cosa volesse fare da grande. Ed amava pensare che lui e Heather avrebbero semplicemente offerto da bere alla ragazza del loro figlio senza essere stronzi al riguardo, ma sicuramente le avrebbe chiesto se le piacesse Hendrix. A volte la risposta a una sola domanda era tutto ciò di cui avevi bisogno.

CAPITOLO 3

Patrick tirò la maniglia della porta e una folata di aria calda e stantia proveniente dall'interno del ristorante colpì Ed in faccia insieme al delizioso odore di pancetta fritta. Tenne lo sguardo fisso davanti a sé, evitando di guardare il suo collega. E raddrizzò le spalle. Se Patrick l'avesse riconosciuta... beh, non era illegale sposare una donna con un passato discutibile, e questo è esattamente ciò che avrebbe detto se qualcuno avesse provato a dargli fastidio.

«Allora, dov'è?»

Ed si guardò intorno. Due camionisti sedevano in fondo, uno fissava fuori dalla finestra fumando una sigaretta, l'altro chinato sul suo piatto in modo protettivo come un ex detenuto mentre ingurgitava patatine fritte con chili. Due signore anziane sedevano nell'altro separé, entrambe sfoggiavano riccioli stretti con una tinta bluastra: dovevano essere appena uscite dal salone.

Ed indicò la donna con i capelli blu più vicina. «Eccola là, quella a destra» disse, poi salutò con la mano quando le donne guardarono nella sua direzione.

Patrick sbuffò. «Sei un furfante».

Ed si voltò dall'altra parte del ristorante - *eccola*. Era al tavolo nell'angolo in fondo, con la schiena gialla e luminosa rivolta verso di lui e Patrick, le spalle curve. Il cappotto era un po' vistoso, ora che lo guardava bene. Strinse più forte la busta del grande magazzino.

Heather si girò mentre si avvicinavano, ed Ed si irrigidì anche mentre si chinava per baciarla, cercando di capire se Patrick la riconoscesse nei suoi jeans e maglione, con una croce d'oro al collo - ben lontana dalla gonna e dai tacchi con cui l'aveva raccolta, anche se l'outfit non era stato poi così trasandato, in realtà. Forse avrebbe creduto che stesse andando in un locale o a cena se non fosse stato un martedì sera - e se non avessero fatto un'operazione anti-prostituzione due isolati più in là. Se lei avesse semplicemente negato, gli avesse dato qualche altra scusa per spiegare perché stava passeggiando in un noto ritrovo di prostitute nel cuore della notte, non l'avrebbe mai fermata. Ma lei non aveva negato, nemmeno per un istante. Non aveva detto granché... fino a dopo.

Le porse la busta. «Oh, dunque... ti ho preso una cosa».

Lei sbirciò dentro, un sopracciglio alzato, l'angolo della bocca che tremava. Ma quando incrociò di nuovo il suo sguardo, stava ridendo apertamente. «Non dovevi, Ed. Mio padre dice solo cose-»

«Spero che ti piaccia». Odiava anche questo? Ma - buone notizie - si stava già sfilando quell'orrendo cappotto giallo per indossare la nuova giacca viola, il suo colore preferito, anche se non la sua tonalità preferita, qualcosa che lei chiamava "lilla". Questo cappotto era viola come un livido. Era male? O il viola-livido aveva un nome migliore che lui non conosceva?

Patrick si schiarì la gola ed Ed si irrigidì di nuovo;

aveva quasi dimenticato che il suo partner fosse lì. «Heather, Patrick. Patrick, Heather».

«Ehi», disse Patrick, scivolando su una sedia di fronte a Heather, che arrossì ma annuì solamente. Sembrava aver perso la voce. «Pare che tu abbia fatto fare al mio partner qui un giro piuttosto veloce».

Ed lanciò un'occhiata mentre si sedeva accanto a lei, e c'*era* un luccichio di riconoscimento negli occhi di Patrick, vero? O se lo stava immaginando? Heather arrossì e abbassò gli occhi grigi sul suo grembo, ed Ed le coprì la mano con la sua. Ancora così ansiosa. Come aveva fatto a superare la scuola? Ma glielo aveva detto: evitando bulli e ragazzi tenendo la bocca chiusa e la testa sui libri. Una volta aveva scherzato dicendo che se le avessero cucito le labbra, nessuno se ne sarebbe nemmeno accorto.

«Immagino che le cose siano andate un po' in fretta», disse al tavolo, con voce tremante. *Lo conosce*. Ma forse no - quanto di questo era ansia e quanto... significava qualcosa?

«Ehi, non sto giudicando». Una dannata bugia. Il viso di Patrick era una maschera: immobile e vigile, lo stesso sguardo di quando coglieva qualcuno in eccesso di velocità, o che attraversava la strada fuori dalle strisce, o che picchiava la propria ragazza.

La cameriera arrivò, ma Ed guardò appena la donna mentre ordinava - anche se si ricordò di chiedere acqua con limone, solo per far alzare un angolo delle labbra di Heather. Patrick era al suo terzo matrimonio. Non aveva alcun diritto di giudicare. *Di cosa mi sto preoccupando?* Non è che Patrick sarebbe andato nell'ufficio del capo a spettegolare su Ed con la coca proprio sotto il suo naso.

Dopo che la cameriera se ne andò, Heather incrociò lo sguardo di Ed - *Possiamo andarcene ora?* Patrick non sembrò notarlo perché disse: «Allora cosa farai stasera mentre trascino il tuo fidanzato in giro nella tempesta in arrivo?»

Heather si strinse nelle spalle e mantenne lo sguardo sul tavolo davanti a loro. Donald gli aveva detto che da bambina scappava dalle persone che le dicevano ciao. Strano che pensasse che sarebbe stata bene là fuori per strada anche solo una volta - cavolo, era stata davvero solo una volta? Avrebbe dovuto fare più domande fin dall'inizio, almeno chiederle perché lo faceva, ma ormai era troppo tardi per coglierla di sorpresa. Se gli fosse davvero importato, avrebbe dovuto chiederglielo mesi fa.

Patrick socchiuse gli occhi guardandola, poi guardò Ed, e i polmoni di Ed si bloccarono - *ecco ci siamo* - ma Heather si schiarì la gola e l'espressione di Patrick si addolcì.

«Devo solo fare alcune commissioni per mio padre», disse lei. «Poi ho un incontro».

Un incontro. Era sempre alla ricerca di buoni affari per bomboniere, torta e persino tovaglioli, anche se stavano organizzando solo una festa per gli altri volontari del rifugio e la gente della chiesa - più per suo padre, in realtà, che per loro. Ed sarebbe stato felice di andare in tribunale con la sua uniforme. Lo avrebbe costretto a indossare uno smoking?

«Saluta tuo padre da parte mia», disse Ed. Abbassò lo sguardo verso i suoi stivali, i suoi piedini, un tallone agganciato alla gamba della sedia. Rimbalzava. Ancora nervosa. Le toccò il braccio, ma lei non reagì. Aveva smesso di respirare?

«Heather?»

Finalmente rivolse di nuovo lo sguardo verso di lui. «Adoro il cappotto».

«Oh... bene». Ma l'avrebbe detto anche se l'avesse odiato. Fece un cenno alla cameriera. «Posso avere altro limone per l'acqua?»

Questa volta, Heather non sorrise.

CAPITOLO 4

La serata passava lenta come melassa, segnalando fanalini rotti, fermando chi correva troppo, rispondendo a chiamate per "persone sospette" che erano solo gente che tornava a casa dal lavoro - a quanto pare, chiunque sembrasse sospetto con un parka addosso.

Alle nove e trenta, la radio gracchiò sopra l'incessante tamburellare delle dita dell'irlandese sul volante e il *tunk*, *tunk*, *tunk* dei tergicristalli contro la neve ghiacciata. «Codice dieci-trentotto, Ford nera, angolo tra Mack ed Emmerson.»

Ed si raddrizzò sul sedile, strizzando gli occhi nella notte. Davanti c'erano un negozio di alcolici, una stazione di servizio, un fast food - tutto velato dietro una cortina di neve che cadeva. Mack ed Emmerson. A tre isolati da dove aveva incontrato Heather e proprio di fronte alla scuola superiore, davanti a un parco che negli ultimi giorni era diventato un ritrovo per spacciatori. Ed osservò il volto di Patrick nel bagliore dei lampioni. Il suo partner aveva a malapena detto tre parole dal pranzo, ma la strada intorno a loro - così vicina alla zona nota per la prostituzione - gli sussurrava praticamente nelle orecchie: *Chiediglielo, chiediglielo.* «Sei sicuro di non aver mai incontrato Heather prima?» Nel momento in cui le parole gli uscirono dalle labbra, avrebbe voluto riprenderle. Patrick non era uno stupido.

Patrick tenne gli occhi sul parabrezza, ma la sua mascella si irrigidì e le sue dita si tesero sul volante. «Avrei dovuto?»

Dovrei semplicemente dirgli di Heather. Mettere tutto in chiaro.
No, sarebbe stupido.

«No, ma sembrava quasi che la riconoscessi.» E lei era sembrata nervosa intorno a Patrick - extra nervosa. O era la sua immaginazione?

Patrick tirò su col naso, forte, poi fece una pausa troppo lunga. «Potrei averla vista in giro per la chiesa», disse. «Va a Sant'Ignazio?»

Sant'Ignazio. La chiesa di Donald, la chiesa di Heather. Patrick ci andava ogni domenica con la sua attuale moglie, o almeno così diceva; Heather di solito ci portava suo padre il sabato sera, ma avrebbero potuto incontrarsi a un certo punto in passato. Perché non ci aveva pensato? *Perché ci sei andato con lei una sola volta - non saresti nemmeno in grado di nominare la chiesa da solo.*

Scrutò il suo partner, e quando Patrick non si voltò, Ed guardò fuori dal finestrino la neve che ammantava i marciapiedi. «Sì, va a Sant'Ignazio.»

«Questo lo spiega.»

Ma se Patrick aveva incontrato Heather lì, allora perché non menzionarlo a pranzo? Non era l'argomento di conversazione perfetto? *Ehi, ci piacciono entrambi la crocifissione e la confessione, diventiamo amici!* Ma... comunque. Ed non voleva avere questa discussione in ogni caso, perché se Patrick la conosceva *davvero* da qualche altra parte...

Patrick svoltò l'angolo su Emmerson, ed Ed socchiuse

gli occhi guardando il cortile della scuola alla loro destra e il parco alla loro sinistra. Il pickup era parcheggiato sulla strada tra questi due punti di riferimento, il motore che rombava nella via altrimenti silenziosa, con tentacoli di gas di scarico che fuoriuscivano dal tubo di scappamento e scioglievano la neve sottostante in una lucida pozzanghera. Il camion non era nero, ma un F-series blu scuro, tutto graffiato e senza targa - probabilmente rubato o almeno non registrato - con un adesivo sul paraurti strappato, la metà anteriore mancante. Le parole parziali li fissavano nel bagliore giallastro del lampione: *OD* su una riga, *FTS* sotto. Ed socchiuse gli occhi attraverso i fiocchi che cadevano verso il lunotto posteriore del camion. Riusciva a vedere un solo occupante, la silhouette della testa del conducente nei loro fari mentre Patrick fermava bruscamente la volante e accendeva le luci rosse e blu. Un singolo squillo di sirena squarciò la notte.

Lo sportello del conducente si spalancò, ed Ed mise una mano sulla pistola, il metallo una presenza fredda ma rassicurante mentre l'occupante del camion emergeva con le mani in aria.

Oh merda.

Le dita di Ed si strinsero sulla pistola.

Il sangue striava le braccia dell'uomo, ricopriva le sue dita e circondava i suoi polsi, inzuppava il ventre della sua giacca grigia come se qualcuno lo avesse pugnalato allo stomaco. E sotto la cintura... pantaloni kaki, scarpe marroni lucide, tutto macchiato di cremisi. Anche le ginocchia dei suoi pantaloni kaki erano di un marrone scuro, come se si fosse inginocchiato nel pasticcio, un dipinto astratto fatto con i fluidi di qualcun altro. E le sue mani, i palmi aperti accanto ai fianchi... tremava così forte che Ed pensò quasi che il sangue potesse staccarsi dal suo corpo come gocce d'acqua da un cane dopo un bagno. Ed lanciò un'occhiata al cortile della scuola come se si aspettasse che qualche bambino con lo zaino emergesse per rimanere coinvolto nel fuoco incrociato, ma la scuola rimase silenziosa, il prato vuoto e bianco tranne che per alcune impronte fresche nella neve.

«Che cazzo?» mormorò Patrick. «Potremmo aver bisogno di un'ambulanza.»

Ed sbatté le palpebre, il mondo avvolto dalla neve si sfocò e poi svanì, e all'improvviso si ritrovò di nuovo nel Golfo, e il suo compagno - il suo migliore amico - era a faccia in giù nella sabbia, con metà della testa mancante, cervello e ossa che luccicavano sotto il sole del deserto. Il suo battito cardiaco martellava un ritmo frenetico. Sbatté di nuovo le palpebre, e la neve tornò insieme all'uomo insanguinato in piedi accanto al camion. Se quest'orrore di uomo avesse perso così tanto sangue, non ci sarebbe stato modo che potesse stare in piedi con quello sguardo fisso. Dovevano chiamare i rinforzi o solo l'ambulanza? Diavolo, forse entrambi. Ma Patrick odiava chiamare i rinforzi a meno che non fossero sicuri di averne bisogno, e quante persone ci volevano per arrestare un tizio possibilmente ferito?

Ed aprì la bocca per dire qualcosa, non era sicuro cosa, ma Patrick stava già aprendo la portiera dell'auto, i piedi sull'asfalto, dirigendosi verso l'uomo dallo sguardo spento - e muovendosi troppo velocemente. *Merda, Patrick è fatto?* La pistola di Patrick brillava alla luce dei lampioni, fiocchi di neve che si attaccavano alla canna. Si fermò vicino al portellone. «Mani in alto! Girati lentamente!» Anche Ed scese dall'auto, seguendo il suo partner, sperando che stessero facendo la cosa giusta. *Avremmo dovuto segnalarlo prima. Avremmo dovuto segnalarlo.*

«Girati!» urlò di nuovo Patrick.

L'uomo fissava. Perché quel tizio se ne stava lì impalato? Forse era lui quello fatto. Poi alzò le mani, all'altezza della vita, ancora tremanti. All'altezza delle spalle. Il suo viso rimase vuoto, spento e inespressivo. Poi, inarcò un sopracciglio come se fosse confuso su chi fossero e perché fossero lì, gli occhi che saettavano a sinistra, a destra, dietro di loro, oltre la propria spalla-

Non può essere un buon segno.

Anche Patrick deve aver percepito il cambiamento nell'atmosfera perché stava armando la sua pistola, puntandola. «Fermo!»

L'uomo rimase immobile, le mani in aria. Un pezzo di qualcosa di lucido e umido scivolò tra due dita e gli scorse lungo il palmo, poi cadde nella melma ai suoi piedi con un umido *plop*.

«A terra, mani dietro la testa!» urlò Patrick, il suo accento irlandese che trapelava più del solito ora, trasformando "dietro" in "diaytro". Se Ed non avesse già avuto il cuore in overdrive, avrebbe iniziato a farsi prendere dal panico.

L'uomo insanguinato mise le mani dietro le orecchie, dolorosamente lento, come se stessero guardando un film a un quarto della velocità. Come se l'uomo stesse... temporeggiando. Ma per cosa? A meno che non stesse *aspettando-*

Oh, merda. Il tizio girò la testa appena un po' verso l'abitacolo aperto del pickup... in ascolto. C'era qualcun altro lì dentro.

«Attento, Patri-»

Bang!

Ed si tuffò al riparo mentre Patrick si contorceva come se il proiettile stesso lo avesse afferrato e fatto girare su se stesso. Colpì il terreno fangoso un passo davanti al paraurti della volante con un tonfo bagnato.

Un altro *bang!* squarciò la notte, ed Ed aggirò l'auto e si accucciò dietro lo sportello aperto lato guidatore, alzando la sua arma. Il conducente insanguinato balzò nel camion mentre un terzo sparo mandò schegge di asfalto frantumato oltre l'orecchio di Ed. Da questa angolazione, poteva vedere il profilo di qualcun altro che sparava dal sedile del passeggero attraverso il finestrino scorrevole posteriore, il minuscolo bagliore di una canna metallica ora visibile attraverso lo spazio nel telaio del finestrino, e lì, il luccichio giallo degli occhi del tiratore. Ma il resto del suo viso era scuro, troppo scuro, e non rifletteva la luce come la pelle - un passamontagna nero.

«Patrick!» La voce di Ed fu inghiottita dallo stridio del ghiaccio e della neve sotto le gomme mentre il camion sgommava via. Il suo cuore martellante sembrava pompare lava nelle sue vene invece di sangue. Ed strisciò verso il suo partner, l'asfalto gelido che gli pungeva le ginocchia attraverso i pantaloni. «Patrick!» Il pickup stridette girando l'angolo.

L'uomo corpulento si girò e si tirò su in posizione seduta, grugnendo. «Accidenti a quel tipo». Poi vomitò nella fanghiglia, tenendosi la mano sul bicipite.

«Chiamo rinforzi», disse Ed, e si affrettò ad alzarsi, ma Patrick afferrò la giacca della divisa di Ed con la mano buona.

«È solo un graffio». Patrick si spinse sulle ginocchia, arrancando in piedi, e barcollò verso l'auto.

Testa calda, lo chiamano. Ecco perché. Gli irlandesi avevano le palle.

«Guida tu» sbottò Patrick. *Gwaida tu.* «Quei bastardi ci sfuggiranno se aspettiamo l'ambulanza». Ed non poteva contestare, e lungi da lui negare al suo partner una possibilità di giustizia - d'altronde, aveva visto persone camminare con ferite ben peggiori oltremare.

«Quei maledetti», mormorò Pat mentre scivolavano in macchina. «Ci hanno teso un'imboscata... come se ci stessero aspettando». Gemette ma indicò con la mano sana il parabrezza anteriore nella direzione in cui il furgone era scomparso. «Andiamo a prenderli, cazzo!»

Con Patrick che urlava alla radio, Ed schizzò via sul ghiaccio, seguendo le tracce dei pneumatici nella neve che continuava a cadere. Giù per un isolato, svolta brusca a destra, poi giù per un altro isolato, osservando i segni degli pneumatici che svanivano rapidamente. Ma persero le impronte quando svoltarono sulla strada principale dove il sale aveva già sciolto lo strato più fresco di bianco.

«Merda», mormorò Patrick. «L'autostrada è a mezzo miglio in quella direzione, ma potrebbe averci fregato tornando indietro un po' prima». Si asciugò il collo con il polsino della giacca. La sua fronte brillava di sudore.

Ed scrutò su e giù per la strada, ma l'asfalto nero salato non offriva nulla. In lontananza, si avvicinavano delle sirene, probabilmente coprendo le altre strade laterali. Ed esitò con il piede sospeso sopra il pedale dell'acceleratore, immaginando le impronte nella neve davanti alla scuola. Erano fresche? Dovevano esserlo. Le sue mani si strinsero sul volante, lo schiocco dei tergicristalli che batteva al ritmo del suo cuore.

«Patrick?»

Il suo partner si voltò verso di lui, gli occhi tesi per il dolore e la furia.

«Si è mosso piuttosto velocemente per qualcuno che aveva perso così tanto sangue».

«Sì, non si muoveva come se fosse ferito». Patrick scosse la testa. Il lampione lampeggiò ambrato contro i cumuli di neve. «Poteva essere lo shock, ma...»

Poteva essere lo shock, ma non lo era. Era troppo sangue perché un uomo lo perdesse e rimanesse ancora cosciente, e le macchie non si erano allargate mentre si fronteggiavano. Ed guardò nello specchietto retrovisore la strada bianca dietro di loro, le loro tracce di pneumatici già mezze nascoste sotto la neve che cadeva. «Di chi pensi fosse il sangue sui suoi pantaloni?»

Patrick si voltò di nuovo verso il finestrino e gemette.

CAPITOLO 5

La strada era ora silenziosa e immobile, il lampione rifletteva il bagliore bianco. Il punto innevato dove Patrick era crollato era macchiato di rosa, ma la maggior parte delle tracce della loro presenza - le impronte dei pneumatici, le loro impronte - erano state attenuate dalla neve che cadeva.

Proprio come le impronte davanti al cortile della scuola... ed erano quelle che lo preoccupavano. Erano state fatte di recente, ne era sicuro - altrimenti sarebbero state coperte dalla tempesta.

C'era un motivo per cui quell'uomo era tornato qui, un motivo per cui era coperto di sangue, un motivo che doveva trovarsi dove quelle tracce finivano, fuori dalla vista dietro la scuola - un luogo solitario senza molto rischio di un pubblico. E se quel motivo fosse ancora vivo...

Ed parcheggiò sulla strada e spalancò la portiera, e poi partirono, correndo attraverso la strada verso la scuola, seguendo le impronte che svanivano rapidamente. Tre serie di impronte, poteva vedere ora, e una più piccola delle altre, di una donna o di un bambino, anche se era impossibile dire se stessero andando o venendo.

Le impronte viravano a sinistra al cancello di rete metallica della scuola, poi intorno al lato dell'edificio, e qui potevano vedere il rosa sotto la neve più recente. Non era un buon segno. Con quella perdita di sangue, era improbabile che la terza persona fosse uscita da qui camminando. Potevano solo sperare di trovare la vittima prima che fosse troppo tardi.

Ed e Patrick si fecero strada scricchiolando accanto alle impronte, il loro respiro sibilava come frenetici sussurri di spiriti. *Per favore, fa che non sia un bambino.* Un bambino nato da madre tossicodipendente era abbastanza per lui, e quel bambino era *sopravvissuto*. Lo aveva tirato fuori da un cassonetto dietro la scuola media, tremante, impotente, così oltre il pianto da spezzargli il cuore. Persino il fratellino di Ed, Sammy - morto a sei mesi per qualche stronzata genetica che non sapeva nominare - aveva urlato fino a quando il suo cuore non si era finalmente e misericordiosamente fermato.

Girarono intorno al lato della scuola e rallentarono, Ed teneva la pistola davanti a sé, gli occhi che scrutavano a destra e a sinistra il paesaggio incrostato di bianco. Le ombre qui erano più profonde, i lampioni oscurati dall'edificio imponente - persino la luna era nascosta sotto le nuvole della tempesta, l'oscurità così opprimente e violenta che sembrava che i fiocchi di neve, nitidi contro il nero, più che cadere sulla terra stessero avanzando verso di loro. Accanto a Ed, Patrick accese la sua torcia, ma il fascio di luce penetrava a malapena la tempesta. Fiocco dopo fiocco si precipitava verso di loro dall'oscurità. La luce vacillò mentre Patrick faceva scorrere il bagliore avanti e indietro sul campo da football. Le porte si stagliavano contro il cielo su entrambi i lati della vasta distesa bianca, ma niente gradinate - dovevano esserci delle gradinate? La luce tremò di nuovo.

«Tutto bene, Pat?»

«Solo un graffio, te l'ho detto, testa di capra». La luce si fermò. «Dritto in fondo... lo vedi?»

Nuvole di brina dai loro respiri fendevano l'aria soffocata dalla neve davanti a loro; era difficile vedere molto oltre il turbinio bianco. Ed socchiuse gli occhi. No, c'era *qualcosa*: a circa cento metri di distanza, uno spiraglio di viola visibile sopra la linea della neve.

Lo scricchiolio dei loro passi e il respiro di Ed si fecero più rapidi mentre si dirigevano verso il fondo del campo. Verso il corpo - sicuramente un corpo, ne era certo ora, perché la forma ammucchiata era giusta-

Ed si bloccò.

No.

Corse, corse più forte di quanto avesse mai corso in vita sua, il respiro affannoso, i polmoni che urlavano, le gambe che bruciavano, il freddo che gli mordeva le guance, e cadde in ginocchio affondando le mani nella neve, scavando, scavando con le dita intorpidite. Le mani di lei emersero per prime, inerti e già semi-congelate, e poi lui stava tirando il suo nuovo cappotto viola, estraendo il resto del corpo da sotto la bianca coperta di ghiaccio, il maglione, i jeans, gli stivali.

Il resto del mondo svanì, risucchiato nel bianco implacabile. Tornado di ghiaccio gli pungevano il viso, cercando di tagliuzzargli minuscoli pezzi di carne. E da qualche parte in quell'inferno, sentì una voce che gemeva: «No, ti prego, dio no, ti prego», ancora e ancora e ancora.

Le sue labbra erano blu. Ed rimase senza fiato, il cuore che gli spasimava nel petto, spasimava e non tremava come la bocca di Heather prima che le sue labbra diventassero immobili e fredde - no, questo era profondo e doloroso e orribile. Il ghiaccio si aggrappava alle sue ciglia, e il suo viso... le ossa sembravano in qualche modo distorte, ma non riusciva a capire se fosse per la scarsa luce o se la sua visione vacillante fosse dovuta all'incredulità e al dolore e al lutto e alla furia che si alternavano nel suo cervello.

«No, ti prego, dio, no, ti prego».

La voce... era la sua, che piagnucolava nella notte. E quando andò a cercare il polso, la pelle di lei era viscida, così la tirò più vicino e mise la mano dietro la sua testa e toccò qualcosa di viscido, non la sua testa, non i suoi capelli, non la perfetta forma rotonda del suo cranio quando lei si appoggiava sulla sua spalla e lo stringeva forte. Spostò la mano a sinistra, allargò le dita, sentendo - *no, le mie dita sono solo intorpidite, dev'essere questo* - ma era reale: un vuoto, largo come una caverna, e la melma, la melma, la melma, e bordi taglienti... una corona frastagliata di ossa frantumate.

Patrick si inginocchiò accanto a lui e si fece il segno della croce, fronte, petto, spalla, spalla. «Gesù, Maria e... Ed, è quella...?»

L'uomo per strada era coperto del sangue di Heather - del cervello di Heather. Era morta prima che Patrick fosse stato colpito, prima che avessero lasciato la scena dopo quegli uomini nel camion. Non aveva mai avuto la speranza di salvarla.

CAPITOLO 6

Ed sedeva sul bordo del letto, i piedi sul pavimento, fissando il cuscino. Sul comodino, il suo taccuino, il libro che conteneva i suoi sogni per il loro matrimonio, giaceva abbandonato, mancante del suo tocco, della sua voce, mancante... di lei.

Perché? Perché? Luogo sbagliato, momento sbagliato? Solo un pazzo bastardo in cerca di qualcuno da ferire? Perché doveva essere lei? I pensieri correvano avanti e indietro nel cervello di Ed, ma senza risposte per placare il loro ritmo frenetico, si aggrovigliavano, intrecciandosi fino a quando riusciva a malapena a distinguere le parole, figuriamoci il significato. Ma anche mentre i suoi pensieri correvano, una nebbia confusa si stabiliva intorno a lui, rallentando il tempo fino a un passo strisciante, i cui intervalli erano segnati solo dal ticchettio dell'orologio.

Cinque giorni a guardare la spesa marcire. Cinque notti a fissare il soffitto a buccia d'arancia, quasi credendo di poter ancora sentire il suo respiro regolare contro la sua spalla. Cinque mattine svegliandosi con visioni del cranio insanguinato di Heather, Patrick disteso sulla strada, le braccia cremisi del sospettato, l'adesivo sul paraurti... l'adesivo... l'adesivo.

OD, FTS. Non riusciva a pensare a nessuna attività nelle vicinanze che corrispondesse, anche se aveva passato cinque giorni a giocare con quelle lettere come se fossero parte di un orribile gioco dell'impiccato. Cinque giorni a chiamare la stazione per vedere se avessero qualcosa di nuovo, ma le scarpe eleganti che l'uomo indossava e i segni delle gomme lasciati dal pickup erano troppo comuni per essere identificati, e nessun camion di quella marca e modello era stato segnalato come scomparso nella zona il giorno dell'omicidio di Heather. E non potevano perquisire ogni camion della città. *Lo farebbero se fosse stata una persona importante.* Questo lo faceva incazzare. Alcuni giorni quando Ed chiamava, il detective Mueller esitava prima di rispondere a qualsiasi domanda come se non riuscisse a ricordare il nome di Heather.

Cinque giorni di delusione. Cinque giorni con il petto che gli doleva così persistentemente da temere che i suoi polmoni potessero collassare. Cinque giorni a evitare chiunque, incluso il padre di Heather.

Si era convinto che Donald stesse bene, che Donald non avesse bisogno di lui, che l'uomo fosse abituato a stare da solo dalle sue missioni solitarie in Vietnam, ma era una scusa - la verità era che Ed non poteva guardare in faccia quell'uomo, non voleva vedere le sue lacrime, vederlo fissare sopra la finestra a bovindo il crocifisso di legno ornato che vegliava sul suo soggiorno, scuotendo la testa, come se credesse che Ed gli stesse mentendo, che lei sarebbe, in effetti, tornata a casa. La notte in cui Ed gli aveva raccontato della sua morte, Donald aveva unito le mani, fissato gli occhi su quel crocifisso e pregato. Era ancora seduto lì quando Ed finalmente se n'era andato ed era tornato a casa sua vuota.

Ed toccò il cuscino ora, e per un momento - solo un momento - sembrò quasi caldo, come se lei l'avesse appena lasciato. Si alzò. L'odore intenso speziato-dolce di lei, l'odore forte di tabacco di loro due, si aggrappava all'interno delle sue narici. Erano stati felici qui. Felici. Ma...

Era la mia prima volta.

Il dolore nel petto si intensificò, un calore bruciante che si espandeva nel collo come se avesse lava nelle vene. Odiava pensarci, odiava ammetterlo a se stesso, ma lei gli aveva mentito quella notte. Il rapporto del coroner diceva che aveva droghe nello stomaco, molte, portando il detective Mueller a decidere rapidamente il movente: una rapina di OxyContin finita male. Ma si poteva trovare l'Oxy in qualsiasi angolo - non c'era bisogno di andare in un posto appartato. E perché altro sarebbe stata là dietro quella scuola, un posto noto per droga e prostitute, se non per scambiare il suo sedere con dei calmanti? Era stato stupido a credere a qualsiasi cosa gli avesse detto sulla sua vita per strada. Solo perché non aveva precedenti non significava che fosse pulita.

Ma lo sapeva quando l'aveva incontrata - e l'aveva amata comunque. La amava ancora.

Si diresse lungo il corridoio e uscì sul portico, chiudendo a chiave la porta d'ingresso, cercando di non vedere la casa come l'aveva vista lei. *È perfetta per noi, Ed. Posso restare?*

Per sempre, aveva detto lui. *Per sempre.*

E oggi, doveva dirle addio.

Arrivare nel vialetto di Donald sembrava come arrivare al proprio funerale, ed era la morte della vita che aveva desiderato, anche se ancora camminava e parlava e respirava - ma a malapena. Donald era seduto in soggiorno, la sedia a rotelle rivolta verso la finestra, gli occhi spalancati, il crocifisso ancora di guardia sulla parete sopra di lui. Le guance cave di Don sembravano più infossate del solito oggi, e quando Ed si avvicinò, l'uomo non batté ciglio. Ed cercò di ignorare il pesante *tum*, *tum*, *tum* del proprio cuore.

«Donald?»

Roscoe alzò la sua testolina dal grembo di Donald, la coda che scodinzolava eccitata. Il padre di Heather non rispose. *Oh cavolo, è morto.* Ma poi Donald si voltò, lentamente, il viso che si corrugava mentre aggrottava le sopracciglia.

Ed lasciò che l'aria gli sfuggisse dai polmoni. «Cazzo, pensavo che fossi... sai.»

«Magari. Mi hanno detto che ho meno di un anno, ma non me ne andrò oggi.»

Pensavo che forse ti fossi stancato di vivere. Ma il cuore dell'uomo era chiaramente più forte di quanto Don stesso volesse, e non importava quanto fosse stanco, la paura dell'Inferno avrebbe impedito a Donald di togliersi la vita. Il padre di Heather non si sarebbe perso un attimo di sofferenza.

Donald socchiuse gli occhi verso il tavolino, dove una scatola quadrata di vetro conteneva una medaglia e una foto di un uomo molto più giovane con il suo fucile da cecchino, il tutto oscurato da un velo di polvere. «Sai qual è la cosa migliore di quella medaglia, Ed? In ognuna di quelle missioni, miravo, uccidevo, ma se avessi fatto un casino, l'unico che sarebbe morto sarei stato io. Non dovevo preoccuparmi di nient'altro - di nessun altro.» Spostò il suo sguardo acquoso su Ed. «Sono tornato a casa, insensibile. Darei qualsiasi cosa per sentirmi così ora.»

«Hai mangiato, Donald?»

«L'hai fatto?»

Giusto. «Finiamola con questa storia.»

Ed non ricordava di aver guidato, non rammentava di essere arrivato alla chiesa, ma eccolo lì, davanti a quell'edificio di mattoni e pietra che avrebbe dovuto essere un rifugio per tutte quelle povere anime smarrite che ancora pensavano di avere una possibilità. La neve spruzzava le vetrate colorate. Le luci tremolanti dietro i vetri si riflettevano sul cornicione ricoperto di neve, creando un acquerello astratto che assomigliava troppo alla neve dietro la scuola - neve fresca intrisa del sangue di Heather.

Ed si voltò. Questi lunghi gradini di pietra non l'avrebbero mai accolta nel suo abito bianco, le figure delle vetrate non l'avrebbero mai visto aspettarla al pulpito con Padre Norman nei suoi paramenti per la cerimonia cattolica che il padre di Heather avrebbe adorato. Ed non avrebbe mai visto la luce delle cento candele sul lungo e basso tavolo in fondo alla navata risplendere sulla sua pelle, né l'avrebbe vista camminare sotto la statua dell'angelo a grandezza naturale, con le braccia alzate come se benedicesse la loro unione. *Per sempre*.

La sedia a rotelle di Donald era un rantolo di morte contro i lucidi pavimenti di legno nell'ingresso. Ed si fermò di colpo appena dentro la porta, fissando alla sua destra l'alcova dietro il confessionale - Patrick era nell'angolo, parlando con un altro uomo, questo calvo e che indossava il cappotto nero elegante e i guanti neri di un assassino: il capo. Le mani di Ed si strinsero sulle maniglie della sedia a rotelle mentre Patrick annuiva verso di loro, e il capo volgeva i suoi occhi castani e minuti nella direzione di Ed.

No, non adesso, no. Perché la gente pensava di poter comparire ovunque le piacesse? In questo posto, in questi momenti angoscianti e vulnerabili... sembrava che lo stessero guardando fare la doccia. Ed voltò loro le spalle e continuò lungo la navata, ignorando l'avvicinarsi del *clap*,

clap dei passi del suo capo sul legno e il più pesante *thud, thud, thud* delle suole di gomma di Patrick.

Che cazzo vogliono?

Ed raggiunse il fondo della navata, a mezza dozzina di passi dall'altare.

«Lasciami sedere qui un momento», disse Donald, così piano che Ed non l'avrebbe sentito se non fosse stato per l'eco contro il pulpito. L'uomo incrociò le dita in grembo e chinò il capo, mormorando sottovoce, pregando la scultura sopra di loro: un uomo che indossava una corona di spine, con chiodi conficcati nelle mani e nei piedi, il terrore in quel volto scolpito un monumento alla malvagità dell'umanità. E quella malvagità, il male in agguato dietro ogni angolo di strada in questa città - nessuno vi sfuggiva. Nessuno.

Ed si allontanò dalla sedia a rotelle di Donald e, mentre fissava il taglio crudele nel fianco della statua, i polsi che gocciolavano sangue da ferite che nessuno si sarebbe preoccupato di curare, la depravazione su quel crocifisso cancellò il volto di Heather e sostituì la sua sposa con un'immagine che gli importava meno. Un corpo che gli importava meno. Il suo cuore rallentò.

«Come te la stai cavando, Ed?»

Ed. In quella singola parola, il suo stesso nome, poteva sentire il respiro di Heather sul collo, poteva sentire l'odore della sua pelle profumata di gardenia nelle narici come se fosse in piedi accanto a lui. «Come ci si può aspettare.» Tenne gli occhi fissi sulla croce sopra di loro, sul sangue dipinto, sulla corona di spine. «Perché sei qui?»

«Io...» Patrick tirò su col naso duramente, irritato. «Volevo solo porgere le mie condoglianze.» La sua voce si alzò con ogni sillaba come se fosse ferito dalle parole di Ed, ma non era ferito, Ed lo sapeva. Avrebbe potuto porgere i suoi rispetti con un biglietto, o dei fiori, o qualsiasi altra cosa la gente facesse. Invece, aveva portato il loro dannato *capo* in chiesa, sapendo che Ed stava ritirando le ceneri di Heather. Non avrebbe dovuto dire a Patrick dove sarebbe stato. Ed socchiuse gli occhi guardando di nuovo il crocifisso e, attraverso il suo sguardo intriso di furia, la statua sembrava piangere lacrime di sangue.

Il capo tossì da qualche parte dietro Patrick, un ringhio cavernoso. «Volevo anche assicurarmi che sapessi di essere esonerato dal servizio. Ti ho convocato l'altro giorno per discutere del tuo congedo per lutto, ma non ti sei mai presentato.»

Dovevano proprio farlo adesso? Ed abbassò lo sguardo dalla croce per incontrare lo sguardo vitreo del suo capo. «Non ho bisogno di tempo libero.» Il capo era uno stronzo anche solo per essere venuto qui, specialmente quando tutto ciò che faceva in centrale era rimproverare tutti - sbraitando come se stesse cercando di compensare un pisellino raggrinzito.

«Se ritieni di poter tornare subito in servizio, tanto meglio. Ma alcuni hanno bisogno di prendersi del tempo per guarire.» Lo sguardo del capo si indurì. «Sappi solo che il congedo è disponibile, così come la consulenza-»

«Non ho bisogno di-»

«-e lascia che il detective Mueller faccia il suo lavoro. Ho sentito che l'hai già chiamato una dozzina di volte. Lascialo in pace e rispondi invece alle mie chiamate.»

Mueller. Il detective assegnato al caso di Heather. Quindi era di questo che si trattava - il capo era venuto in *chiesa* per assicurarsi che Ed si tenesse fuori dall'indagine. «Mueller aveva bisogno della mia dichiarazione,» scattò.

«Aveva già la tua dichiarazione, Petrosky.»

«Bene.» Ed si irrigidì, con le mani serrate. «Ora, se non vi dispiace...» Si voltò. Sopra di loro, Gesù piangeva silenziose lacrime di legno. *Per sempre*, aveva detto. *Per sempre*.

Click, click, click, il suono di scarpe sul legno, scarpe più eleganti di quelle del capo. Ed spostò lo sguardo per vedere il prete che scivolava lungo il banco, la sua veste bianca che frusciava intorno alle gambe. *Grazie a Dio, senza giochi di parole.* Se l'avesse detto ad alta voce, Heather avrebbe riso. Il dolore elettrificò la fitta nel suo petto. Si schiarì la gola come per liberarsi anche da quel dolore, ma rimase caldo e pungente. Dietro di lui si sentì lo sfregare dei suoi colleghi che indietreggiavano di un passo. Erano poliziotti, ma ora si trovavano nella casa di Padre Norman.

«Edward», disse Padre Norman, con voce bassa e dolce. «Sono davvero dispiaciuto per la tua perdita». I passi dietro Ed si allontanarono ancora di più, e mentre Ed si avvicinava e afferrava di nuovo le maniglie della sedia a rotelle, Norman si chinò più vicino al suo orecchio. «Desideri la loro compagnia, figlio mio? Stanno aspettando da oltre un'ora, e se li avessi invitati, sicuramente sarebbero venuti a incontrarti più vicino all'orario del nostro appuntamento invece di... aggirarsi furtivamente».

Perspicace. Padre Norman mise una mano sulla spalla di Ed, ed Ed allentò la presa sulla sedia di Donald. «No, non li ho invitati».

Il prete fece un cenno agli uomini alle spalle di Ed - «Sarò da voi a breve, signor O'Malley» - poi indicò il corridoio dietro il pulpito sul lato destro della chiesa. Ed lanciò uno sguardo a Patrick, un uomo che veniva qui la domenica ma non ricordava di aver incontrato Heather, un uomo che aveva... cosa? Due figli con la sua attuale moglie? Non parlava mai di loro, non parlava mai di nulla di personale - in realtà non si conoscevano, vero? Patrick rimase fermo in mezzo alla navata, con le braccia lungo i fianchi. In piedi come se il posto gli appartenesse. Questa chiesa e tutto ciò che conteneva appartenevano più a uomini come Patrick O'Malley che a uomini come lui.

«Per favore...» Padre Norman indicò di nuovo il corridoio vicino all'entrata della chiesa e si incamminò in quella direzione, passando sotto il Gesù di legno sanguinante. Ed afferrò di nuovo le maniglie della sedia a rotelle e lasciò il suo partner e il suo capo in piedi nella navata a guardarli mentre si allontanavano.

Il corridoio era più caldo della navata, le pareti bianche e spoglie riportarono alla mente di Ed la visione di Heather nel suo abito da sposa con tale violenza che quasi si fermò, lasciando Donald bloccato nel mezzo del corridoio. Ma si costrinse ad andare avanti, oltrepassando un ufficio, poi attraverso una porta di pino segnata che portava una semplice croce dorata, una *t* minuscola senza una forma umana sofferente su di essa. Nonostante le elaborate vetrate colorate, Padre Norman viveva umilmente, come predicava dovessero fare gli altri; la scrivania era di vecchio compensato, le sedie consumate come se fossero state acquistate a un mercatino dell'usato. Norman prese un vaso-*no, un'urna*, la *sua urna*-dalla sua scrivania. Viola, il suo colore preferito, anche se lei avrebbe detto "indaco", o "violetto", o qualche nome che lo facesse sembrare migliore. Più bello. Qualunque fosse il colore, lo scopo era lo stesso perché l'avevano ridotta in cenere come i loro sogni, versata in un vaso così da poterla mettere sul camino di Donald. Non quello di Ed - l'ultima volta che l'avrebbe vista sarebbe stato il suo cadavere coperto di neve.

Padre Norman pose l'urna sulle ginocchia di Donald e posò la mano sulla spalla tremante del vecchio. «È mio dovere alleviare la sofferenza», disse, con le lacrime agli occhi mentre alzava lo sguardo verso Ed. «Eppure qui... so che le parole non bastano. Heather mancherà profondamente a tutti noi. Gli altri volontari l'amavano».

Gli altri volontari... forse avrebbero dovuto fare una

cerimonia. Ma Heather aveva menzionato solo una donna di nome Gene, e per un momento, Ed non riuscì a ricordare se Gene lavorasse in chiesa o nel rifugio dove Heather faceva volontariato... no, era il rifugio perché chiamava con l'orario di Heather. Ma una cerimonia non avrebbe alleviato la sofferenza di nessuno. Non c'era nulla da fare, nulla che avrebbe riportato indietro Heather.

«Ha sempre trovato tanto conforto qui, in chiesa», disse Donald, con la voce tesa. Ma non era vero, vero? Cosa aveva detto lei? *Penso che mio padre abbia paura di ciò che potrebbe accadere alle persone che non credono, quindi gli dico che io credo. È un piccolo conforto che posso dargli.* Anche se nessuno avrebbe mai saputo se Heather avesse mentito a lui o a suo padre.

«Siete sicuri di non volere una cerimonia?» stava dicendo il sacerdote, con le labbra piegate agli angoli. A Padre Norman non era piaciuta la cosa della cremazione - qualche superstizione cattolica, quei tizi amavano le bare e le tombe - ma Donald era pragmatico. Ed Ed non voleva mai più vedere il cranio frantumato di Heather, anche se l'avessero nascosto con trucco, parrucche, cappelli e pizzo. Si poteva nascondere qualsiasi cosa sotto il pizzo, ma ciò non significava che fosse sparita.

Donald scosse la testa, ed Ed abbassò lo sguardo sull'urna viola che brillava sulle ginocchia dell'uomo - decisamente viola come un livido, come il suo nuovo cappotto, e ora, Ed non avrebbe mai conosciuto un nome migliore per quel colore. E Heather avrebbe odiato una stanza piena di gente seduta lì a parlare di lei. Non le piaceva nemmeno parlare con loro in vita.

A scuola, avrebbero potuto cucirmi la bocca e nessuno se ne sarebbe accorto. E quel sorrisetto nervoso. Quel sorriso.

Donald raggiunse con le dita tremanti la tasca della camicia e ne estrasse una busta. Padre Norman la prese, diede un'occhiata e inclinò la testa. «Donald, l'urna, la cremazione... è già stato pagato tutto».

«Per la purezza dell'anima, le offerte ci mantengono puri, Padre. Ho intenzione di portare avanti il lavoro di Heather qui, anche se non ho più le gambe per fare volontariato io stesso. E sappiamo entrambi che non mi resta molto da vivere. Non ho alcun uso per questo denaro».

Il volto di Norman si contorse, ma poi raddrizzò le spalle e tirò su col naso una volta, forte, come se cercasse di reprimere le emozioni. «Non esitate a permettere alla chiesa di condividere il vostro fardello», - incontrò gli occhi di Ed - «nessuno di voi due. Vi prego anche di considerare di unirvi a noi per cena giovedì sera».

Giovedì sera. Il Ringraziamento. Avrebbe dovuto chiamare sua madre e dirle che non sarebbe andato. Probabilmente avrebbe dovuto dirle anche della morte di Heather, ma il pensiero di doverlo dire ad alta voce di nuovo gli faceva venire voglia di vomitare.

«Resteremo a casa, Padre», rispose Donald per entrambi. «Preferisco affrontare questo da solo».

D'accordo, vecchio mio.

Gli occhi di Padre Norman erano ora fissi su Donald, ma l'uomo mantenne lo sguardo sull'urna in grembo.

«Se c'è qualcosa, *qualsiasi cosa* che io possa fare, vi prego di farmelo sapere».

Ma l'improvviso vuoto doloroso che li aveva portati in chiesa non era un buco che nessun uomo poteva colmare. Né, Ed si rese conto, poteva farlo il Dio di Heather.

CAPITOLO 7

Durante la settimana successiva, la rabbia di Ed covò, poi esplose, offuscando il mondo intorno a lui in una calda e dolorosa foschia. Aveva sperimentato questi episodi oscuri anche da giovane: quando suo fratello Sammy morì. Quando la sua ragazza lo lasciò, ma tanto era stata una stronza, con la sua mania di accumulare pane e disprezzare i senzatetto. La depressione si era anche insinuata quando suo padre gli disse che non potevano permettersi di pagargli l'università, quindi non valeva nemmeno la pena provarci - non che Ed avrebbe potuto ottenere una borsa di studio con tutti C. E di nuovo quel giorno nel deserto, il suo migliore amico accanto a lui, che parlava, rideva, poi *bam!* un colpo di cecchino e metà della testa di Joey si era ridotta a una nebbia rossa.

Ma questa era un'oscurità diversa. Il viso di Heather, la voce di Heather, l'odore dei suoi capelli, i loro sogni di matrimonio, di figli, turbinavano dentro un buco che gli succhiava l'anima nel petto, il dolore che lo trascinava più a fondo in se stesso, a mezzo passo dall'implosione. L'unica cosa che gli impediva di arrendersi al dolore era la rabbia, bianca e ardente, che lo strappava dalle profondità così violentemente che alcuni giorni temeva di spezzare il filo che lo legava alla sanità mentale. Nulla era lo stesso - lui non era lo stesso. E non aveva modo di sapere come si sarebbe sentito da un momento all'altro. Tre mesi fa, aveva corso quattro miglia con l'influenza, e oggi era uscito dal letto solo per andare al lavoro. Anche ora, mentre le strade ghiacciate sfrecciavano accanto alla volante sotto un cielo grigio opaco che rispecchiava il suo umore, una parte di lui era ancora in quel letto, a fissare il soffitto a buccia d'arancia. Esausto. Struggendosi. Sofferente.

«Sei sicuro di non voler prendere un periodo di riposo, Ed?» Patrick gli aveva chiesto la stessa cosa quando erano passati davanti alla chiesa quella mattina, il luogo dove lo aveva colto di sorpresa la settimana prima. *Stronzo succhia-quadrifogli.*

«Se tu puoi lavorare con un buco nella spalla, io posso sicuramente farcela anche io». *Con un buco nel mio dannato cuore.*

«Sì, ma, Ed-»

«Chiamami Petrosky. È più professionale».

Patrick lo guardò, le sue sopracciglia folte sollevate, ma Ed - *Petrosky* - mantenne il viso impassibile. Aveva deciso sulla strada di ritorno dalla chiesa con l'urna di Heather che non voleva mai più sentire il suo nome pronunciato ad alta voce. Non voleva ricordare il modo in cui Heather aveva sussurrato nella notte - *Ed, vieni qui* - o la sua risata mentre gli dava un colpetto sul braccio dopo che aveva detto qualcosa di ridicolo. *Oh, Ed, sei così sciocco.* Con abbastanza tempo, avrebbe potuto far svanire quei ricordi, l'aveva già fatto prima... se solo la gente avesse smesso di ricordarglielo.

Patrick aprì la bocca come se volesse chiedere qualcos'altro, e Petrosky lo sperava, lo sfidava a farlo, perché bramava un po' - anzi, molto - di guai, ma la radio gracchiante interruppe i suoi pensieri. Una disputa tra vicini per un cane, tra tutte le cose. Sulla scena, Petrosky ascoltò distrattamente le lamentele della megera di mezza età in mumu sulla neve, che chiaramente voleva solo infastidire qualcuno, poi seguì Patrick dal vicino e lo osservò mentre emetteva una multa per violazione di un'ordinanza sul rumore. Il ventenne afroamericano che aprì la porta strinse le labbra ma prese il foglietto con un cenno, e il pit bull scodinzolante al suo fianco non abbaiò loro nemmeno una volta. Almeno quell'uomo aveva un cane per rendere le notti meno... vuote.

Dovrei andare a trovare Donald, pensò mentre risaliva sulla volante. L'uomo aveva appena perso sua figlia, e la visita bisettimanale dell'infermiera a Donald sicuramente non era un supporto sufficiente.

La pelle d'oca gli si alzò tra le scapole; Patrick lo stava osservando. Invece di voltarsi verso il suo partner, Petrosky si accontentò di fissare con sguardo torvo i cumuli di neve.

«Ed... ehm, Petrosky?»

Petrosky... sì, era meglio così. Si voltò. Patrick aveva le sopracciglia aggrottate. «Perché non mi hai detto che era una-»

«Una cosa?» La rabbia ribolliva nel petto di Petrosky. Una drogata? Una puttana? Quale Heather conosceva *Patrick? Come se avessi dovuto dirtelo, tu-tu lo sapevi dal momento in cui l'hai vista*. E in quel momento, lì in macchina, non era mai stato così sicuro di nulla come del fatto che Patrick avesse riconosciuto Heather, che sapesse della prostituzione quando si erano incontrati al diner, il giorno in cui era morta. Probabilmente sapeva anche dell'OxyContin. E nessuno si era preoccupato di dirlo a *lui*.

Patrick scosse la testa. «Lascia stare, io solo-»

La radio gracchiò di nuovo - un caso di violenza domestica

- salvando Patrick da qualunque stronzata stesse per uscirgli dalla bocca. Ma Patrick non aveva detto nulla di sbagliato, realizzò Petrosky mentre il suo respiro si regolarizzava, voleva solo sapere perché era stato tenuto all'oscuro. Petrosky si era chiesto la stessa cosa. Perché era stato così facile per lei nascondergli le cose? Avrebbe dovuto notare... qualcosa.

Fissò lo sguardo sul paesaggio innevato mentre Patrick si fermava al bordo della strada per la loro prossima chiamata, un quartiere decente, uno dei migliori, comunque. Come quelli di cui lui e Heather avevano spesso parlato di trasferirsi. Una lampada color bordeaux giaceva in frantumi sul prato davanti alla casa coloniale in mattoni, alcuni frammenti rossastri incastrati nella neve della ringhiera del portico come macchie di sangue secco.

Un uomo alto e biondo aprì la porta - uno di quei arroganti atleti di scuola privata che Petrosky aveva visto crescendo, che fischiavano alle ragazze che erano certi di possedere, con le tasche gonfie dei soldi di papà. E ora questo bastardo sfacciato stava cercando di dire loro che lei lo aveva colpito per prima. Ma le sue nocche erano insanguinate, e dietro di lui nel soggiorno, Petrosky riusciva a distinguere una donna seduta sul pavimento accanto alla poltrona reclinabile, con le gambe piegate sotto di sé, le braccia avvolte intorno al suo esile corpo coperto dalla camicia da notte. Il suo orecchio sinistro era un miscuglio di capelli sfilacciati e sangue coagulato. Quanto era andata vicina questa ragazza a perdere metà del cranio? Petrosky abbassò lo sguardo sui piedi dell'uomo - scarpe con punta a mezza ala. Forse aveva ucciso anche Heather.

Stupido.

Patrick spinse l'uomo ed entrò in casa, abbaiando nella sua radio per chiedere un'ambulanza. La donna stava scuotendo la testa, con gli occhi spalancati, fissando il biondo atleta sulla porta. Un rivolo rosso le colava dal mento al petto.

L'uomo alzò le mani in un gesto di *calma, ragazzi*. «Andiamo, amici, sono un uomo d'affari, non un criminale». Le parole untuose gli scivolarono dalla lingua come piscio su un vetro unto, e Petrosky si irrigidì dal desiderio di strangolarlo. Quest'uomo era tutto ciò che non andava nel mondo - uomini che prendevano quello che volevano senza preoccuparsi di chi ferivano.

«Mio Dio, hai ragione». Prima che il tipo potesse sorridere, Petrosky gli afferrò la mano e gli torse le braccia dietro la schiena, cingendogli i polsi con l'acciaio. «Dobbiamo aver perso il memo in cui picchiare tua moglie è improvvisamente diventato legale».

«Posso pagarvi», disse l'uomo, con la voce più alta, più frenetica ora. «Non ho bisogno di un'altra accusa sul mio curriculum».

Petrosky tirò il braccio dell'uomo, facendo inciampare il bastardo giù per i gradini, poi attraversò il prato. Il lamento di un'ambulanza risuonava debolmente in lontananza. «Beh, avrai un'altra accusa, testa di cazzo, e sei fortunato che non lasci il padre di quella ragazza cinque minuti da solo con te». Petrosky lo sbatté contro la macchina con forza sufficiente da farlo grugnire e perdere l'equilibrio sul ghiaccio, ma lui lo recuperò. Ovviamente lo fece. Quei bastardi atterravano sempre in piedi, mentre il resto del mondo crollava intorno a loro.

«Attento alla testa». Spinse l'uomo in avanti nell'auto, e la tempia del tipo urtò contro l'angolo della portiera con un *tonfo*.

«Ehi! Ah, merda, sto sanguinando?»

«Ti ho detto di fare attenzione alla tua fottuta testa». Petrosky afferrò la portiera e disse: «Ora sposta i piedi a meno che tu non pensi che le tue tibie possano vincere contro il metallo».

Patrick si avvicinò mentre Petrosky sbatteva la portiera, desiderando che la testa del tipo fosse rimasta incastrata. Il braccio del suo partner era premuto contro il fianco - ancora rigido. Era dolorante?

L'aria gelida mordeva il naso di Petrosky, fresca e fredda e pungente. L'uomo biondo nell'auto disse qualcosa attraverso il finestrino chiuso, e Petrosky alzò la mano e colpì il vetro, giusto abbastanza forte da far indietreggiare l'uomo sul sedile. Le sue nocche pulsavano per l'impatto. Ne valeva la pena.

«Faresti meglio a rilassarti». Patrick alzò una mano per dargli una pacca sulla spalla, ma deve aver visto qualcosa nella faccia di Petrosky perché abbassò il braccio e lanciò un'occhiata all'uomo nell'auto. «Molte volte la bocca di un uomo gli ha rotto il naso».

Petrosky inspirò ancora una volta, più profondamente questa volta, lasciando che i cristalli d'aria gelida gli trafiggessero direttamente il cervello. «La bocca di un uomo gli ha rotto il naso, eh? Pensi che riuscirà a liberarsi dalle manette e colpirmi? È forse un mago?»

«Non ti aveva detto il capo di parlare con qualcuno? Uno di quelli...» Patrick agitò le dita in aria ai lati della testa.

«Perché vedere uno strizzacervelli quando posso parlare gratis con il tuo miserabile culo irlandese». Ma forse avrebbe dovuto vedere uno psichiatra, prima di finire per uccidere qualche stronzo che non sapeva quanto fosse fortunato, che preferiva picchiare sua moglie piuttosto che amarla. Petrosky fece il giro fino al lato del passeggero, cercando di stabilizzare il respiro prima che Patrick notasse il tremore delle sue mani.

CAPITOLO 8

Petrosky fissò la bottiglia di Jack Daniel's per una settimana, maledicendo Patrick per avergliela portata: voleva sentire il dolore. Ricordare Heather ancora un po' prima di togliersela dalla testa per sempre. «Ti aiuterà a dormire», gli aveva detto il suo partner. «Almeno attenuerà un po' il dolore». Petrosky lo aveva guardato male, ma alla fine della seconda settimana, l'aveva aperta e aveva lasciato che il liquore ammorbidisse i suoi ricordi e lo conducesse nell'oblio. Era stato quasi troppo facile cedere.

Cosa che fece ogni notte di quella settimana finché la bottiglia non fu vuota. Quando finì, passò tre notti a guardare le ombre dipingere immagini orribili sul soffitto a buccia d'arancia: mani insanguinate e il volto sfigurato di Heather, i pezzi frantumati del suo cranio. Quando la stanza si illuminava ogni mattina, le lenzuola di Petrosky erano zuppe di sudore.

Comprò un'altra bottiglia la sera del quarto giorno. Dopo di che, l'alba divenne il momento peggiore, quando le immagini di Heather con mezza testa lo svegliavano come una sveglia macabra. Spesso si svegliava intontito e allungava la mano verso di lei, con le dita impigliate in una fredda e viscida materia cerebrale.

Invece di ricorrere all'alcol al mattino per cancellare quella sensazione - bere durante il giorno era a un passo dalle riunioni, dagli sponsor e dalle malattie del fegato - Petrosky si gettò a capofitto nel lavoro. Per tre settimane dopo aver ricevuto le ceneri di Heather, ignorò qualsiasi riferimento a lei o al caso, cosa che probabilmente rese felicissimo quel detective, quel bastardo pigro. Ignorò anche il Natale, adducendo come scusa una faringite, con grande disappunto di sua madre, ma c'era sempre l'anno prossimo. Forse. E mentre Ash Park entrava in gennaio, l'odore di gardenie e incenso aveva iniziato a svanire, e il suono quasi percettibile della sua voce si era affievolito. Un po' meno le immagini del cranio frantumato di Heather.

Petrosky strinse più forte la sigaretta tra i denti, lasciando che il fumo appannasse il parabrezza invece di aprire il finestrino al freddo. Niente neve in previsione oggi, ma il mondo intero era ancora coperto da una lucida patina di ghiaccio, che scintillava cupamente: un passo falso e sei fregato. Non che avrebbe avuto importanza se si fosse rotto qualcosa. Non faceva più jogging, e in questo lavoro non gli capitava mai di inseguire nessuno. Che senso aveva?

Ma un giorno il senso sarebbe tornato, ne era sicuro. Un giorno, avrebbe ricominciato a correre, a vivere di nuovo. Una volta che il dolore si fosse attenuato. Un giorno, avrebbe dimenticato l'odore del sangue di Heather, nello stesso modo in cui aveva dimenticato quasi tutto di Sammy, tranne il suo nome e il suono del suo pianto. E alla fine, anche quelli se ne sarebbero andati. Suo padre non menzionava mai il nome di Sammy.

Il parcheggio della caffetteria era deserto, il sale scricchiolava sotto le sue suole di gomma mentre si dirigeva verso l'ingresso. Si fermò sul marciapiede davanti alla vetrina e stava tirando le ultime boccate della sua sigaretta quando sentì: «Mi può aiutare?»

Petrosky si girò di scatto. Tacchi economici, giacca economica, guance arrossate come se stesse entrando in panetteria per sfuggire al freddo. *Mi può aiutare?* Come aveva cercato di aiutare Heather? Per un momento, riuscì quasi a convincersi che fosse Heather - che avrebbe avuto la possibilità di interrogarla, di annullare gli orrori degli ultimi mesi. *Cosa ci facevi fuori di notte così? Perché non potevi essere onesta con me? Avrei potuto aiutarti, dannazione!* Ma non sapeva cosa stesse facendo, non sapeva della sua dipendenza; glielo aveva nascosto, e questo le era costato la vita. Il suo cuore pulsava, troppo velocemente - aveva mentito, aveva fottutamente mentito, e ora era morta.

«Ho forse scritto in fronte "fesso"?» sibilò.

«Cosa? No...» Arrossì ancora di più. «Non capisce.»

No, non capiva, ma mentre la guardava, le sue spalle si rilassarono. I suoi orecchini erano costosi, anche se la giacca non lo era, e la sua valigetta era di vera pelle. Non stava cercando un fesso. Ma allora cosa voleva da lui?

«Mi scusi,» disse, più dolcemente. «Cosa desidera?»

«Mi chiamo Linda Davies,» disse con un leggero tremito che poteva essere dovuto all'ansia o al freddo. «Conoscevo Heather.»

Petrosky la scrutò. Capelli scuri, come quelli di Heather, e un viso a forma di cuore e labbra piene, ma i suoi occhi erano nocciola, grigio-verde-blu, e il suo sguardo fece vibrare una piccola scintilla di riconoscimento nella sua colonna vertebrale. «La conosco.»

«È vero.»

«Dall'ufficio dei servizi sociali.» Non si erano mai incontrati, ma l'aveva vista al distretto per qualche caso.

L'edificio dei servizi sociali era un piccolo manicomio, pieno di benefattori sovraccarichi di lavoro e sottopagati che cercavano di servire l'intera Ash Park, e ospitava anche l'ufficio dello strizzacervelli di alto livello dove andavano i poliziotti dopo aver ucciso qualcuno o aver visto il loro partner morire su una strada coperta di neve. Il capo aveva suggerito a Petrosky di «fare un salto» lì come se fosse un canguro il giorno in cui era tornato al lavoro. Ma uno strizzacervelli non era ciò di cui Petrosky aveva bisogno - aveva bisogno di uscire sulla strada, di distrarsi, anche se non stava funzionando... ancora.

«Sono io.» Linda sorrise. «Ho aiutato Heather a ottenere i servizi per suo padre. Ma nel nostro ultimo incontro... ha detto alcune cose strane. Sto cercando di mettermi in contatto con te.»

Aveva staccato il telefono di casa da una settimana intera. Sua madre lo chiamava con quella nota di preoccupazione nella voce, e lui era troppo esausto per cercare di convincere gli altri che stava bene.

«Mi hai seguito fin qui?»

«Sì». Raddrizzò le spalle. «Ma non avrei dovuto seguirti se avessi risposto alle mie chiamate. Ti avrò telefonato almeno dieci volte da quando Donald mi ha dato il tuo numero».

Lui aspettò che dicesse altro, ma lei invece lo fissò, e c'era qualcosa nei suoi occhi, una scintilla d'intelligenza, o forse di tenacia - quella stessa tenacia che aveva notato quando Heather gli aveva raccontato di come si prendeva cura di suo padre, di come lo teneva fuori da una casa di riposo. Determinazione - ecco cos'era. Lui ricambiò lo sguardo. «Non ho ricevuto i messaggi».

Linda sospirò. «Va bene, come vuoi. Ma ho qualcosa che devi assolutamente sentire». La sua voce era concitata, affrettata - aveva fretta? Probabilmente. Perfino il detective non stava dedicando più del minimo indispensabile al caso di Heather. «So che può sembrare folle, ma credo che la morte di Heather... Non era solo una tossicodipendente che cercava di procurarsi della droga».

«Era una tossicodipendente; l'hanno trovata con della droga nello stomaco». Petrosky era stato innamorato, ma non era uno stupido. *Anche se sono un ingenuo*. Il dolore e la rabbia salirono, si intensificarono, poi si placarono di nuovo mentre diceva: «Cosa ti fa pensare che non lo fosse?»

«Non aveva bisogno di uscire per procurarsi la droga; avrebbe potuto prendere i farmaci di suo padre. Lui non gestisce bene il dolore, non prende tutte le pillole che dovrebbe».

Ma Heather non avrebbe mai preso i farmaci di Donald - in nessun modo avrebbe permesso che lui soffrisse solo per soddisfare se stessa. O forse sì? I tossicodipendenti facevano cose del genere durante le crisi d'astinenza, quasi senza pensarci. E le persone sviluppavano rapidamente una tolleranza ai farmaci - forse aveva iniziato con le pillole avanzate di Donald ma non riusciva più a sostenersi in quel modo. E quando la domanda aveva superato l'offerta, era andata a prostituirsi invece di chiedere aiuto. *Prostituirsi*. Come se fosse un pezzo di carne appeso al soffitto. La testa gli pulsava. La notte in cui si erano incontrati, lei aveva detto che era la sua prima volta... e se *fosse stata* davvero la prima volta, ma avesse continuato a farlo dopo che si erano conosciuti? Se avesse vissuto a casa sua e quando lui era al lavoro, lei avesse... lei avesse...

Bugiarda, bugiarda, bugiarda, e nella sua mente poteva vedere i suoi occhi vitrei e drogati, vedere la sua carne nuda, i pantaloni alle caviglie, vederla piegata con le mani contro l'edificio di mattoni, un lurido spacciatore dietro di lei che spingeva, spingeva, e un altro uomo che guardava, aspettando il suo turno, e lei che gemeva lunga e bassa come aveva fatto con Petrosky - forse aveva finto anche con lui. Fuoco e bile gli ostruirono la gola, e l'immagine di lei che scopava con uno sconosciuto contro la scuola svanì, sostituita dall'ultima volta che aveva visto Heather: le palpebre incrostate di ghiaccio, la gelatina del suo cervello cosparsa di neve sulle sue mani.

Si schiarì la gola, cercando di ignorare il modo in cui Linda inclinò la testa, preoccupata. «Il detective ha detto che la sua morte era legata alla droga». Nello specifico, il detective Mueller aveva detto: «Stava cercando di sballarsi come una dannata aquilone, e qualcuno le ha fracassato la testa con un piede di porco e le ha fregato la roba». Il piede di porco era stato trovato nelle vicinanze, senza impronte. Come la maggior parte dei detective che aveva incontrato, Mueller era uno stronzo - indurito, pomposo come se il mondo gli dovesse qualcosa, come se qualcuno di loro sarebbe finito meglio che come cibo per vermi. Anche se quella era stata l'ottava volta che Petrosky aveva chiamato. Un dolore improvviso gli trafisse le dita, e guardando in basso vide che il mozzicone di sigaretta si era consumato fino al filtro. Gettò il mozzicone nella neve, dove si spense con un sibilo come un serpente arrabbiato.

Linda abbassò gli occhi. «Come ho detto, la storia della droga non mi convince, e ho una certa esperienza in quell'ambito, e non solo per lavoro». Arrossì di nuovo. «Mio zio era... Ascolta, non importa. Vedo molte donne, Detective-»

«Non sono un detective». Solo un poliziotto con un macigno tra le scapole. Forse sarebbe tornato nell'esercito e si sarebbe fatto saltare in aria la faccia, uscendo di scena in una nebbia rossa.

«Comunque. Devo dirti questo per poter dormire la notte». Prese un respiro profondo, e la compassione scritta sul suo viso fece rilassare di nuovo le sue spalle, ma non il petto - il cuore gli pulsava dolorosamente contro le costole. «L'ho incontrata il giorno in cui è morta. A casa di suo padre».

Petrosky aggrottò le sopracciglia. Al diner, Heather aveva detto: «Ho un appuntamento». A quanto pare, era con Linda, che probabilmente stava dicendo a Heather di mettere suo padre in una casa di riposo - di nuovo. Non c'era da meravigliarsi che Heather fosse ansiosa a pranzo quel giorno.

La voce di Linda lo riportò dalla sua testa alla passeggiata nevosa. «Ha ricevuto un messaggio sul cercapersone quando ero lì. L'ho sentito suonare, e lei l'ha messo via quando ha visto che la guardavo, ma era turbata - molto più nervosa di quanto l'abbia mai vista».

«Donald le aveva dato quel cercapersone in caso di emergenza». Ma non avevano trovato il cercapersone di Heather sulla scena del crimine o altrove, un fatto che Mueller avrebbe dovuto considerare significativo - ci voleva un idiota per trascurare una cosa del genere. E Mueller non era un idiota. Il petto di Petrosky bruciava. Nell'esercito, si seguivano gli ordini e si imparava a fidarsi completamente del proprio comandante e dei propri compagni. Ma qui... qualcosa non andava. E nel deserto, si imparava anche a fidarsi del proprio istinto, altrimenti si finiva morti.

«Donald era nella sua stanza quando stavo parlando con lei, quindi chiaramente qualcun altro ha quel numero», disse Linda, trascinandolo ancora una volta dai suoi pensieri. «Sono sicura che il detective abbia già esaminato il cercapersone come procedura standard, ma sembra tutto così... come se non si stessero impegnando abbastanza. E Donald merita di vedere l'assassino di sua figlia in prigione prima che...» Soffiò via i capelli dal viso. «Comunque. Penso semplicemente che il detective si sbagli sul fatto che la sua morte sia legata alla droga. Credo che qualcuno l'abbia attirata lì dietro quella scuola di proposito. Penso anche che Heather conoscesse la persona che l'ha uccisa - credo fosse in pericolo dal momento in cui l'hanno cercata. E avevo bisogno di dirlo a qualcuno a cui importasse». Con un cenno finale, si voltò e si diresse verso il parcheggio innevato, lasciando Petrosky a fissarla mentre si allontanava.

CAPITOLO 9

Le parole di Linda gli risuonavano in testa per tutta la mattina, irritandogli gli angoli del cervello. Aveva ragione su questo? Uno degli uomini nel furgone - o l'uomo insanguinato o il tiratore con il passamontagna - aveva attirato Heather lì di proposito? L'aveva scelta? Aveva scelto di ridurla in pezzi, di ridurla a un teschio frantumato, quella orribile corona d'ossa, e il fango, il freddo, le sue ciglia incrostate di neve, e il suo cappotto viola... Petrosky cercò di allontanare le immagini dalla sua mente mentre guidava verso il commissariato, ma la lava nelle sue vene diventava sempre più calda ad ogni chilometro. Chi l'aveva uccisa, e perché diavolo avrebbero voluto la sua morte?

Quando parcheggiò la sua auto nel piazzale del commissariato, il suo cuore batteva così furiosamente che le mani gli tremavano. Non poteva andare avanti così - aveva aggredito verbalmente quella povera donna questa mattina, e tutto ciò che aveva fatto era... *preoccuparsi*. Per Heather. Doveva spegnere tutto, come aveva fatto oltremare, come aveva fatto nella sabbia dopo aver visto Joey morire. All'improvviso le sue narici puzzavano di polvere da sparo e polvere.

Cosa cazzo vuoi essere, ragazzo?

Insensibile, signore. Suo padre non aveva versato una lacrima quando Sammy era morto, non si era nemmeno preso un giorno di riposo dal lavoro. Era così che si sopravviveva, era così che si tornava a casa dalla guerra, e imparare a chiudere fuori il mondo aveva reso tutta la sua permanenza oltremare degna. La morte di Sammy aveva fatto male fino ad allora. Ma non dopo. E non ora. Ma Heather... Inspirò profondamente a denti stretti.

Petrosky spense il motore e rimase seduto in macchina, lasciando che l'aria che si raffreddava rapidamente gli solleticasse i seni nasali, osservando i ghiaccioli che pendevano dal tetto del commissariato come coltelli - coni opachi, acqua diventata mortale, scintillante al sole. Guardava i ghiaccioli. Solo il ghiaccio. E quando Patrick uscì dall'edificio e gli fece cenno di avvicinarsi, le mani di Petrosky non tremavano più. Si calò nell'auto di pattuglia di Patrick, canalizzando suo padre nei giorni successivi alla morte di suo fratello Sammy, e ricostruì il suo viso in pietra.

Il detective Mueller era nell'ufficio quando Petrosky finì il suo turno, con la sua pancia prominente premuta contro il bordo della scrivania, i capelli grigi e neri tagliati malamente che spuntavano dalla testa. Alzò il viso flaccido mentre Petrosky si avvicinava.

«Hai trovato qualche pista sull'omicidio di Heather Ainsley?» Quasi Heather Petrosky. Quasi.

L'uomo fece una smorfia guardando il distintivo di Petrosky come se il visitatore non appartenesse a quel luogo - perché non vi apparteneva. «Il capo non ti ha detto di stare lontano da questo caso?»

«Al diavolo il capo.»

Gli occhi di Mueller si spalancarono. Incrociò le braccia muscolose.

«E per quanto riguarda l'arma, almeno? Dai, fammi un favore.»

La mascella di Mueller si irrigidì, e per un momento, Petrosky pensò che il detective gli avrebbe detto di andare a farsi fottere, ma l'uomo abbassò le braccia e sospirò. «Non abbiamo molto. Tutto era neve, fanghiglia, nessun modo di ottenere buone impronte. E il proiettile dalla spalla del tuo partner non ha aiutato - .38 special, ma senza un'arma con cui confrontarlo...» Mueller si voltò di nuovo verso la sua scrivania, verso il fascicolo davanti a lui - un caso che ovviamente contava più di quello di Heather. «Sul serio, però, il capo ti ha detto di lasciar perdere. Facciamo finta che tu non sia mai stato qui.»

Petrosky si irritò. «Non me ne andrò. Qualcuno dovrebbe preoccuparsi, anche se era una puttana drogata». Sputò le parole. Che Dio lo aiutasse se mai fosse finito come uno di questi bastardi induriti - che esistenza miserabile.

Mueller si girò di scatto con le sopracciglia alzate. «Di cosa stai parlando? Nessuno ha detto che fosse una prostituta. Non era vestita come tale, e non aveva segni di traumi vaginali, né prove di rapporti recenti - nessun fluido».

Nessun fluido? Heather non si prostituiva? Era stato così pronto a crederci, così pronto a credere il peggio di lei. Un brivido caldo percorse la schiena di Petrosky.

«Inoltre, abbiamo parlato con ogni prostituta che reclama quella strada, cercando di trovare un testimone». Mueller raddrizzò le spalle. «Nessuna di loro sapeva chi fosse».

Petrosky fissò la scrivania. Se fosse stata lì solo per la droga... era meglio essere una tossicodipendente che una prostituta? Ma non l'aveva mai negato, era come se gli avesse detto che era una... «Forse Heather non aveva ancora incontrato le donne che avete interrogato», disse lentamente.

Mueller sbuffò. «Fidati, le prostitute di strada prestano attenzione alla nuova carne».

Il petto di Petrosky si strinse, ma una lenta e calda pesantezza si era insediata nel suo ventre. Non una prostituta, non quella notte. Solo lì per la droga; la zona era nota per avere spacciatori, ma loro stavano all'aperto, dove potevano vendere. Aveva supposto che Heather fosse andata dietro la scuola per compiere qualche atto sessuale in cambio delle pillole, ma se non l'aveva fatto... allora cosa ci faceva lì dietro? Forse Linda aveva ragione: qualcuno le aveva chiesto di incontrarsi. «E il cercapersone? Avete indagato su chi l'ha chiamata?»

«Nessun cercapersone addosso, ma sì, abbiamo controllato i tabulati. L'unica chiamata quella notte proveniva da un telefono pubblico su Breveport. Abbiamo supposto fosse il suo spacciatore».

Breveport, vicino al rifugio per senzatetto. Quasi lo stesso posto dove Petrosky l'aveva arrestata la notte in cui si erano conosciuti.

Mueller incrociò lo sguardo di Petrosky. «Ascolta, ho fatto del mio meglio qui, okay? Ma non c'era niente su cui indagare. Era strafatta, anche se ha cercato di vomitare quando si è resa conto che poteva andare in overdose».

Vomitare? «Non l'hai mai menzionato».

«Non ero sicuro finché la scientifica non ha finito con tutti i campioni là fuori - l'hai visto, quel posto era un casino». Mueller lo aggiornò: Heather aveva pillole intatte nello stomaco, cosa che lui sapeva, ma ne avevano trovate altre intatte e la sua cena semi-digerita nascosta sotto la neve davanti a lei, e ferite sulle ginocchia per essersi inginocchiata. «Aveva anche abrasioni nella parte posteriore dell'esofago superiore e tessuti sotto le unghie. Si è infilata le dita in gola», disse Mueller. «Deve aver capito di averne prese troppe».

«Se ha vomitato prima che le pillole si sciogliessero, la droga non l'avrebbe ancora colpita, non abbastanza da farle pensare che stesse andando in overdose».

«Poteva comunque aver sentito che qualcosa non andava - contato le pillole, visto che ne aveva prese più di quanto il suo corpo potesse tollerare».

Oppure... qualcuno aveva cercato di farle del male. *Penso che la morte di Heather... Non era solo una tossicodipendente che cercava di procurarsi della droga.* «Forse non voleva prenderle affatto».

«Non voleva prenderle...» Mueller sbuffò. «So che era la tua ragazza, ma amico...»

«Se era in ginocchio, incapace di reagire, perché qualcuno le avrebbe fracassato la testa? Anche se non stava vomitando, c'erano altre due persone con lei, due assassini contro una donna vulnerabile. Non avevano bisogno di farle del male per derubarla». Heather non avrebbe opposto resistenza durante un tentativo di rapina: riusciva a malapena a parlare con gli sconosciuti, figuriamoci discutere con loro. E gli aggressori dovevano sapere che né le prostitute né i tossicodipendenti avrebbero probabilmente chiamato la polizia se fossero stati derubati delle loro sostanze illegali.

«Perché ucciderla?» disse Mueller, incredulo. «Per divertimento? Questi psicopatici sono fuori di testa, metà lo fa per il brivido. È lo stesso motivo per cui le hanno rotto le costole. Il medico legale dice che sembra le abbiano pestato il petto anche dopo». Fece una smorfia. «Mi dispiace».

Le hanno pestato il petto. Gesù Cristo. La bile gli salì in gola, ma la ricacciò indietro e disse: «Chiaramente, intendevano ucciderla: poteva essere l'obiettivo principale». Linda sembrava certamente crederlo. «E se le avessero fatto prendere le pillole per ucciderla, e quando si è infilata le dita in gola, sono tornati per finire il lavoro?» La sua testa sembrava piena di ovatta.

«Giusto. Altri tossicodipendenti le hanno dato pillole invece di prenderle, le hanno fracassato la testa, le hanno frugato le tasche in cerca di altre droghe, poi se ne sono andati ad aspettare la polizia». Scosse la testa. «La rapina era l'obiettivo principale, che la morte fosse intenzionale o accidentale. Il colpevole che hai visto era *fatto* di qualsiasi cosa le avesse rubato: anche quando ha visto te e Patrick, è rimasto lì impalato».

Ma il tizio nella cabina del pick-up aveva sicuramente mirato con una precisione impressionante. La voce di Linda gli risuonò di nuovo nella testa: *Il detective si sbaglia sul fatto che la sua morte sia legata alla droga. Penso che qualcuno l'abbia attirata lì dietro quella scuola di proposito. Penso che Heather conoscesse la persona che l'ha uccisa: credo fosse nei guai dal momento in cui l'hanno chiamata al cercapersone.*

Heather non si prostituiva come pensava Petrosky. E se c'era un briciolo di verità nelle parole di Linda, se Heather non era nemmeno una tossicodipendente... allora forse Petrosky l'*aveva* conosciuta. O abbastanza di lei. Abbastanza da rendere reale ciò che avevano vissuto insieme. E quei bastardi gliel'avevano portata via, l'uomo insanguinato e fatto di droga e il suo amico dal grilletto facile.

I bastardi l'avrebbero pagata.

CAPITOLO 10

Non avrei dovuto venire qui. Se Donald sa qualcosa, l'avrebbe detto a Linda.

Petrosky teneva lo sguardo fisso sulla mensola di legno, dove l'urna di Heather lo fissava a sua volta - viola, ma non come un livido. Viola come le labbra di una donna morta. E sebbene la sola vista dell'urna gli torcesse le viscere, Petrosky preferiva fissarla piuttosto che guardare a cosa si era ridotto il padre di Heather.

Le guance dell'uomo erano scavate, cave, con le occhiaie così pronunciate che sembrava fosse stato preso a pugni. «Dovrai prenderti Roscoe presto» La voce di Donald tremava, probabilmente tanto per la malattia quanto per il dolore. «Non credo di potermi più prendere cura di lui. Non senza Heather».

Petrosky distolse lo sguardo dalla mensola, passando oltre il caminetto di mattoni, oltre i pannelli di legno, fino al pinscher seduto sulle gambe di Donald. La testa del cagnolino era così piccola che un uomo avrebbe potuto schiacciarla in un pugno. Il cuore gli si strinse. Le orecchie di Roscoe si drizzarono, la coda che batteva contro la gamba di Donald, ma i suoi occhi sembravano tristi, cascanti. Forse anche il cucciolo sentiva la mancanza di Heather.

«Cercherò di trovargli una buona casa» Petrosky guardò Donald, poi Roscoe, i suoi occhietti da cucciolo nuovamente chiusi. Quanto sarebbe stato triste Roscoe se Petrosky non fosse mai tornato dal lavoro? Il prossimo proiettile da un finestrino di un camion potrebbe non mancare il bersaglio. «Non sono a casa abbastanza per prendermi cura di lui». Ora stava a casa il meno possibile; non sopportava la sensazione che Heather potesse entrare dalla porta con la spesa per la cena o un film preso a noleggio. Illogico, sì, ma faceva male vedere quella speranza infranta ogni sera. E anche solo pensare di trasferirsi gli sembrava di abbandonarla.

Donald tirò su col naso, gli occhi fissi sul cane. «Chiederò a uno dei ragazzi al bingo stasera».

Bingo. La grande uscita settimanale di Donald - sembrava che anche lui cercasse di evitare di stare seduto da solo a casa.

«È una buona idea». Il silenzio si prolungò mentre Donald fissava fuori dalla finestra... no, fissava *sopra* la finestra. Il crocifisso. Petrosky desiderò improvvisamente della carta vetrata, voleva ridurre quelle ferite scolpite a liscio legno di carne.

Donald mosse la mano sulla schiena del cane e accarezzò Roscoe, le dita tremanti, avanti e indietro, avanti e indietro. Sul divano, un sacchetto di carta era appoggiato contro un cuscino a quadri marroni; l'insalata che Petrosky aveva preso da un fast-food il giorno in cui erano andati in chiesa a raccogliere ciò che restava di Heather. Un lato della carta bianca era macchiato di peluria scura. Presto la muffa sarebbe stata sui cuscini, diffondendosi come un virus fino a invadere tutto in questa casa, oscurando le pareti spoglie, soffocando l'unica pianta solitaria sul davanzale della finestra a bovindo, spegnendo il piccolo cane che guaiva in una coperta di oscurità soffocante.

Donald non poteva rimanere qui senza aiuto, anche se qualcuno avesse comprato la spesa e fosse venuto a pulire. Heather si era sbagliata sul fatto che fosse autosufficiente. Questo posto sarebbe crollato senza di lei.

Ma non era per questo che Petrosky era qui stasera. Le parole di Linda - *Il detective si sbagliava sul fatto che fosse legato alla droga. Penso che conoscesse la persona che l'ha uccisa* - gli riecheggiavano nelle orecchie. Se c'era anche una minima possibilità che non fosse andata a incontrare uno spacciatore; se fosse stata uccisa per qualsiasi altro motivo... doveva andare a fondo della questione. E Donald potrebbe saperne più di quanto pensasse.

Donald si passò una mano sulla fronte e fece una smorfia.

«Come va il dolore, Donald?»

«Bene».

«Ho parlato con Linda, l'assistente che viene qui ogni tanto. Sembra che i tuoi farmaci non funzionino così bene come potrebbero».

«Schiavi delle pillole, della bottiglia... i consumatori saranno abbattuti. Ho la mia fede. Non ho bisogno di droghe».

Donald apparentemente pensava che i tossicodipendenti andassero dritti alle fiamme dell'Inferno. Qualcuno gli aveva detto della droga nel sistema di Heather? «Donald... mi stai dicendo che non prendi affatto le tue pillole antidolorifiche?»

«Gesù ha sofferto per noi». I suoi occhi divennero vitrei. «Lo dobbiamo anche a lui: la nostra sofferenza».

Ma Petrosky lo stava a malapena ascoltando. Donald non aveva preso le sue pillole, ma Heather gli riempiva quelle prescrizioni ogni settimana. Sentì di nuovo la voce di Linda: *Non era solo una tossicodipendente che cercava di procurarsi della droga*. Ma Mueller poteva essere sulla pista giusta, se Heather aveva rubato le pillole a suo padre per venderle. Una rapina finita male.

«Heather ha mai preso le tue pillole, Donald?»

«Assolutamente no». La sua testa scattò nella direzione di Petrosky, i muscoli della mascella tesi. «Heather era una brava ragazza», sussurrò, con voce più bassa. «Una brava, brava ragazza».

Essere brava era irrilevante. Le brave persone facevano cose cattive tutto il tempo. «Donald, la scena dove è morta-»

Alzò una mano tremante, e Roscoe sollevò la testa, fissando Petrosky, anche lui agitato. «Ed, ti dirò la stessa cosa che ho detto a quel detective: non voglio sapere. Nessun uomo vuole sentire parlare delle ultime terribili ore di suo figlio...» Voltò il viso.

Ma quale uomo potrebbe vivere sapendo che l'assassino di suo figlio è ancora in libertà? Se Petrosky avesse avuto una figlia, avrebbe fatto di tutto per trovare il bastardo che l'aveva ferita. *Al diavolo*. Se Donald non l'avrebbe fatto per sua figlia, Petrosky l'avrebbe fatto per la sua sposa - e Donald aveva vissuto con lei, doveva sapere qualcosa. «Heather aveva droga nello stomaco», disse Petrosky prima di poter cambiare idea. «La polizia pensa che sia stata uccisa per quella, che fosse una tossicodipendente».

Donald si girò di scatto verso Petrosky. I suoi occhi lampeggiarono di rabbia. «Non puoi davvero credere-»

«Non lo so.» *Almeno credo di non saperlo*. «Ma voglio sapere perché è morta - ho bisogno di saperlo, di avere una spiegazione, altrimenti ogni volta che chiudo gli occhi, devo vederla com'era quando l'ho trovata. Non riesco a togliermi quell'immagine dalla testa.»

Donald si voltò di nuovo, fissando la croce, forse chiedendosi quale dolore fosse peggiore: i chiodi attraverso le mani o i chiodi invisibili attraverso il cuore. «Forse ha incontrato delle brutte persone in quel rifugio», disse lentamente. «Le avevo detto che fare volontariato lì era una cattiva idea. Ma Heather... voleva aiutare le persone.» Il suo labbro tremò. *Una brava, brava ragazza.*

Ma Mueller aveva già interrogato i lavoratori del rifugio a causa della chiamata che Heather aveva ricevuto dal telefono pubblico davanti. Solo pochi di loro avevano mai interagito con lei, e l'unica persona di cui Heather aveva parlato era Gene, che chiamava per i suoi orari. «Hai sentito qualcosa dall'amico di Heather, Gene?» chiese. «Se sa qualcosa su Heather, qualsiasi cosa...»

«Non credo che sappia molto.»

Lui? «Aspetta, Gene è un uomo?»

Donald annuì. «Chiamava qui in continuazione, aveva una cotta per lei, ma non era il suo tipo.» Scosse la testa e fece una smorfia, ma qualcosa brillò negli occhi di Donald, un accenno di... rettitudine. «Non andava mai in chiesa, lavorava solo al rifugio. Dannati pagani. Padre Norman dovrebbe saperlo meglio di così.»

Pagani. *Mi chiedo quanto fosse arrabbiato quando Heather ha iniziato a uscire con me.* «Hai mai incontrato Gene?»

«È passato qui un paio di volte. Un tipo secchione, di quelli a cui non daresti una seconda occhiata per strada.» Donald tirò su col naso, scrollò le spalle.

Ma quelli a cui non daresti una seconda occhiata erano a volte i più pericolosi. La minuscola vedova nera. Il giocatore di football con i suoi capelli biondi splendenti, sorridente, perfetto... finché non ti portava a casa e ti spaccava la faccia.

«Qualcuno al lavoro?» stava dicendo Donald. «Non parlava mai di quelle persone, ma se qualcuno lì non la sopportava... Non riesco a immaginarlo, ma...»

Heather non lavorava da nessuna parte se non al rifugio. Prendersi cura di Donald era già un lavoro a tempo pieno. «Non aveva un altro lavoro, Donald.»

«Di cosa stai parlando? Certo che Heather aveva un lavoro.»

Il vecchio stava diventando senile? «Dove...»

«Faceva un po' di contabilità.»

«Per chi?»

«Oh, non sono sicuro, esattamente. Banche e cose del genere.»

Ma che...? No, non aveva alcun senso. «Le banche hanno contabili interni, Donald.»

«Smettila di guardarmi così, Ed». Lo fulminò con lo sguardo. «Lo fa da quando era bambina, da quando sua madre è morta. Se non fosse stato per lei... non so proprio cosa avrei fatto». I suoi occhi si riempirono di lacrime, e alzò una mano tremante per asciugarsi le guance. «Puoi dare un'occhiata nella sua stanza. È lì che teneva i fascicoli su cui stava lavorando. Non riesco ad arrivarci con...» Fece un gesto verso la sedia a rotelle. «Troppo complicato manovrare lì dentro».

Petrosky si incamminò lungo il corridoio, con la sedia a rotelle di Donald che cigolava dietro di lui, superò il bagno, poi la stanza degli ospiti dove un vecchio tapis roulant troneggiava in un angolo, reliquia di un tempo ormai passato, quando la fisioterapia avrebbe potuto significare locomozione. Ora, Donald faceva fisioterapia solo per evitare l'atrofia. *Papà non vuole liberarsi di quel tapis roulant anche se non può usarlo; ha difficoltà a lasciare andare le cose*. La gabbia toracica di Petrosky si strinse. Un giorno, qualcuno avrebbe potuto trovarlo morto a cinquantacinque anni con i quaderni di Heather stretti nel pugno, le sue scarpe da corsa inutilizzate crepate e polverose sotto il letto.

La maniglia della porta di Heather sembrava anormalmente calda nella sua mano, e la spinse con un suono che era meno un cigolio e più un urlo. Donald fermò la sua sedia a rotelle all'ingresso: lo stipite della porta era un po' troppo stretto perché potesse seguirlo.

La scrivania di Heather era contro la parete in fondo, minuscola, di un bianco acceso contro la carta da parati di un rosa-viola brillante. *Lavanda*, gli sussurrò all'orecchio. Nessun ricordo, nessun disordine, nessuna foto. L'armadio aperto mostrava un lungo ripiano vuoto in alto e una fila di abiti estivi, tutte le cose fuori stagione che non aveva ancora portato a casa di Petrosky.

«Cassetto in basso, credo», disse Donald da dietro di lui. «L'ho vista gettare i suoi fascicoli lì una volta».

Petrosky camminò sul tappeto a pelo lungo - azzurro chiaro, appiattito, ma pulito - e si chinò, aspettandosi uno stridio mentre apriva il cassetto, ma fu stranamente silenzioso come se qualcuno avesse oliato le guide. *Mah*. Le cartelle erano impilate all'interno, tutte nitide e pulite come se le avesse appena acquistate, senza nessuna delle pieghe che avevano i suoi fascicoli dopo averli aperti e chiusi decine di volte. Ne prese una in cima e la aprì. Carta millimetrata con righe di numeri su ogni riga dall'alto in basso, disposte in otto colonne.

«Cosa sono tutti questi?»

Donald alzò le spalle, e Roscoe aprì gli occhi e guardò di nuovo male Petrosky per aver disturbato il suo sonnellino. «Non sono mai stato bravo in matematica».

Non era matematica o contabilità. Ci sarebbero dovute essere etichette sulle righe, dettagli per ogni spesa o fonte di reddito, qualcosa per spiegare cosa rappresentassero i numeri. Nemmeno le cartelle stesse erano etichettate con nomi di aziende o anni. Girò la pagina successiva: tre colonne senza etichetta di quelli che sembravano numeri casuali, da uno a cento. Ma la pagina seguente era vuota. Così come quella dopo. Petrosky girò ancora, e ancora - almeno altre venti pagine, tutte vuote come se avesse acquistato una risma di carta millimetrata solo per riempire i fascicoli, ma sul retro di un foglio vicino alla fine c'era una piccola annotazione, appena visibile... perché qualcuno l'aveva cancellata. La tenne in controluce: "Big Daddy" scritto con la calligrafia a bolle di una quindicenne, all'interno di un piccolo cuore.

Big Daddy non sembrava il nome di un cliente di contabilità e nemmeno di un fidanzato - Big Daddy suonava come un protettore. E che dire di tutti quei fogli? A meno che... non volesse far credere a Donald che stesse facendo qualcosa di legittimo. *Che diavolo sta succedendo qui?*

Petrosky si mise il fascicolo sotto il braccio. O questi erano numeri reali di un vero lavoro di contabilità che miracolosamente aveva ottenuto quando aveva quindici anni, oppure aveva falsificato le cartelle in modo che suo padre non sospettasse dell'afflusso di denaro.

Petrosky puntava sulla seconda ipotesi.

E se fosse vero, da dove *proveniva* il suo denaro? Non c'era modo che questo non fosse collegato alla sua morte. Petrosky si voltò. Donald lo stava osservando dalla porta, le sopracciglia aggrottate, una mano sulla schiena di Roscoe, le ruote della sua sedia appena oltre lo stipite. Petrosky socchiuse gli occhi, notando una minuscola crepa che correva lungo il battente della porta... e il battente intorno allo stipite sembrava più spesso del solito. Fece un passo più vicino. Sì, quella crepa circondava l'intera porta, una sottile linea che separava il battente originale dallo strato extra che qualcuno aveva installato.

«Io... Posso aiutarti, Ed?»

Petrosky distolse lo sguardo - doveva sembrare che stesse fissando l'uomo. «No, non c'è bisogno di aiuto». Solo qualcosa da capire. Heather aveva aggiunto un pezzo extra di legno al telaio esistente, assicurandosi che Donald non potesse entrare qui con la sedia a rotelle per curiosare - sicuramente nascondeva qualcosa. *Almeno non sono l'unico a cui ha mentito.*

«Se vuoi portare le cartelle in soggiorno, posso guardarle con te», disse Donald. «È solo difficile muoversi, ecco tutto». Petrosky guardò di nuovo per vedere Donald che si strofinava la coscia con una mano tremante. «È stato difficile fare... la maggior parte delle cose senza Heather».

«Immagino che lo sia stato». E non sarebbe migliorato. Persino Petrosky stava facendo solo il minimo indispensabile in casa sua, e lui aveva due gambe funzionanti. «Forse dovremmo iniziare a cercare case di cura, Donald». Petrosky lo avrebbe aiutato a vendere la casa, ma avrebbe portato a casa i suoi fascicoli quella sera, esaminando ogni foglio finché non avesse trovato una risposta.

Donald scosse la testa. «Non posso permettermelo, non con Heather che non c'è più».

La stanza si riscaldò. «Qui spendi altrettanto, tra il mutuo e l'assistenza infermieristica. Prendi semplicemente i soldi che useresti per questo e investili in una casa di riposo».

«Non posso più permettermi neanche questa casa».

Ma se l'era potuta permettere quando c'era Heather, quando lei "teneva la contabilità". La cartella sotto il braccio di Petrosky pesava una tonnellata. «Stai dicendo che Heather... che tua figlia si occupava delle bollette?» La sua voce uscì in un sussurro.

Le dita di Donald tracciavano il centro della testa di Roscoe, ancora e ancora. «Ho comprato questa casa dopo la morte di sua madre - non sopportavo di guardare la stanza dove Nancy... si è sparata. Ma i soldi della vendita della vecchia casa sono finiti in fretta, e con le spese mediche-»

«Mi stai dicendo che tua figlia quindicenne pagava il tuo mutuo?» *Starà bene. Ho risparmiato da quando è morta mia madre, giusto in caso.* Petrosky aveva pensato che stesse gestendo i soldi di Donald per lui. Aveva mancato qualcosa di importante. Ma lo aveva fatto anche Donald.

Petrosky si diresse verso l'armadio, con il cuore che gli batteva in gola, controllando le tasche delle sue giacche primaverili, passando le dita sulla parete posteriore, cercando scompartimenti segreti, sollevando i bordi del tappeto. Niente.

«Cosa stai cercando lì dentro, Ed?»

Non poteva rispondere - il calore nel suo petto era cocente, bruciava le sue corde vocali. *In cosa eri coinvolta, Heather?* Cosa stava cercando *lui*? Prove di ciò che stava realmente facendo a quindici anni, dato che nessuno avrebbe assunto una contabile così giovane - e non c'era modo che guadagnasse abbastanza da un qualsiasi lavoro legale dopo la scuola. Ma doveva cercare? Aveva avuto un milione di motivi per negare di essere una prostituta, e non l'aveva mai fatto, nemmeno una volta. E cos'altro avrebbe potuto fare di così giovane che avrebbe pagato per un'intera famiglia?

«Per favore, Ed, smettila...»

Petrosky deglutì a fatica. Passò le dita sotto la scrivania - cercando una chiave? Un biglietto? - ma non trovò nulla. Gli altri cassetti contenevano un burrocacao e un solo pezzo di gomma da masticare. Batuffoli di polvere volteggiavano sotto il letto. Quindici anni. Maledizione. Ma Mueller aveva detto che nessun'altra ragazza che si prostituiva riconosceva Heather, quindi non poteva aver battuto il marciapiede ogni notte per un decennio. Era stata una escort? Una squillo? Tutto ciò di cui aveva bisogno era un ricco sugar daddy... *Big Daddy*. Era per questo che lo chiamava così?

La spiegazione di Mueller era ancora una possibilità: droga. Potrebbe averla venduta, o allora o adesso. Non poteva provarlo, ma... nessun'altra spiegazione si adattava così bene. A volte la risposta giusta era la più ovvia. Prostituzione o droga - entrambe avrebbero portato soldi facili. Entrambe ne avrebbero portati ancora di più.

Donald lo stava osservando. Stupido o cieco, non importava: lei sarebbe stata meglio altrove. Il suo cuore accelerò mentre immaginava Heather a quindici anni, con gli occhi spalancati e lacrimosi, disperata. Facendo Dio sa cosa per guadagnare abbastanza da pagare il mutuo di suo padre. *Dio sa cosa*. Poteva immaginare cosa. La rivide, pantaloni alle caviglie, un uomo sconosciuto dietro di lei, che gemeva, gemeva...

Petrosky afferrò la cartella dalla scrivania e la aprì di scatto davanti al viso di Donald. La mascella dell'uomo cadde. «Cos'è quello?»

«Ciò su cui stava lavorando tua figlia.»

«Sono vuoti.»

«Non era una contabile, era una squillo... o una spacciatrice.» Doveva essere così. Quale altra spiegazione c'era?

La mascella di Donald cadde. «No. No, non è possibile...» Le sue dita si fermarono sul collare di Roscoe, e il cane guaì come se Donald lo avesse pizzicato. Donald ritrasse la mano, e Roscoe saltò giù dalle ginocchia dell'uomo e sgattaiolò lungo il corridoio.

«Come hai potuto non avere idea, prendendo i suoi soldi, mese dopo mese...»

«Diceva che aveva ottenuto i soldi onestamente, che stava lavorando, e io non potevo... Saremmo finiti per strada.» Le narici di Donald si dilatarono, il labbro inferiore tremava. «L'avrei persa a favore di qualche famiglia affidataria che non sarebbe stata in grado di aiutarla, non come aveva bisogno di essere aiutata... di essere salvata.»

«Salvata?» *Pezzo di merda egoista.* I padri non dovevano approfittarsi dei loro figli; dovevano proteggerli. «Pensi di averla salvata costringendola a occuparsi delle bollette? Dio sa cosa ha dovuto fare per...»

«Ti sbagli!» Ma il tremito del suo labbro disse a Petrosky che Donald aveva sospettato qualcosa di più illecito della contabilità molto tempo fa, e l'uomo non era stupido. Ma non aveva mai fatto nulla per aiutare sua figlia.

Donald si raddrizzò, e per un momento, il tremore si fermò, e le sue spalle divennero dritte come un fuso come dovevano essere state in gioventù prima che la malattia prendesse il sopravvento. Poi si accasciò di nuovo. «Tutto il dolore che ho mai provato... niente si paragona al dolore che ho nel cuore ora, Ed. Prego che tu non debba mai soffrire la perdita di un figlio.»

Non succederà. Petrosky avrebbe preferito rimanere solo per sempre piuttosto che rischiare di amare e perdere di nuovo.

«Prima quel detective, poi l'assistente sociale, e ora tu...» Donald stava borbottando ora, scuotendo la testa. «Parlate tra di voi e lasciatemi in pace. Il corpo di Heather, le finanze di Heather... ogni volta è un'altra pugnalata al cuore.»

Le finanze di Heather. Il detective, l'assistente sociale, e ora tu... Linda era stata qui di nuovo da quando avevano parlato? Sapeva del misterioso lavoro di Heather?

«Quando è stata qui l'assistente sociale?»

Donald fece una pausa così lunga che Petrosky pensò che l'uomo non l'avesse sentito. Poi: «Credevo che ti avesse parlato. Non è per questo che stai chiedendo del denaro?»

Donald sfiorò l'anulare vuoto, forse ricordando un tempo prima di avere una moglie, prima di avere una famiglia, prima che Heather esistesse. Quando era insensibile. Rimpiangendo quei momenti per la loro mancanza di dolore. «Era qui ieri sera», disse Donald, appena sopra un sussurro. «Ora vattene».

Ieri sera. Linda stava ancora indagando.

Linda sapeva qualcosa che Petrosky non sapeva.

CAPITOLO 11

Secondo la receptionist dell'ufficio dei servizi sociali, Linda avrebbe dovuto finire di lavorare alle cinque, ma erano le sei e trentacinque, e non era ancora uscita dall'edificio. L'oscurità intorno a Petrosky sembrava più fitta di quando aveva parcheggiato la sua Grand Am in fondo al parcheggio, oltre la portata dei lampioni, e ancora più claustrofobica dopo che il cielo si era annerito come carbone dietro le nuove nubi temporalesche. Alle sei e quarantacinque, il cielo si aprì, riversando cumuli di neve bagnata - nevischio che si trasformava in grandine e viceversa - sul parcheggio... e sul suo parabrezza.

Cosa ci faceva lì? Stava pedinando una donna? *Ricambiando il favore.* Era chiaro che stava indagando sul caso di Heather, ficcando il naso intorno a Donald in quel modo, ma si sperava che stesse facendo un lavoro migliore di quello stronzo del detective che aveva a malapena aspettato l'autopsia prima di lasciar raffreddare il caso di Heather. Petrosky accese una sigaretta e lasciò che lo smog gli stringesse i polmoni e gli concentrasse la mente. Non si preoccupò di abbassare il finestrino, anche se accese i tergicristalli; la neve lo aveva già rinchiuso in una bolla di fanghiglia luccicante.

Alle sette e venti, la porta a vetri si aprì, riflettendo il bagliore giallastro dei lampioni sui cespugli accanto al vialetto. Linda si strinse il cappotto addosso mentre si dirigeva verso il fondo del parcheggio, dove la sua Buick LeSabre era parcheggiata in fila con l'auto di Petrosky. Controllare la sua targa sarebbe stato malvisto dai superiori, ma era una cosa da poco - non come se una singola violazione del protocollo fosse un pendio scivoloso verso l'abbandono totale delle procedure.

Anche se gli aveva reso le cose più facili.

Spense i tergicristalli e osservò la silhouette di Linda attraverso la neve che cadeva, i suoi passi che risuonavano sull'asfalto salato, e quando fu a trecento piedi di distanza, strinse la sigaretta tra i denti e scese dall'auto. Lei si immobilizzò in mezzo al parcheggio. Lo guardò con i pugni stretti ai fianchi.

«Linda?»

I suoi muscoli erano tesi come quelli di una gazzella pronta a fuggire, ma le sue spalle si rilassarono quando lo riconobbe. Si avvicinò decisa. «Cosa ci fai qui fuori? Mi hai fatto prendere un colpo!»

«Dimmi cosa sai del caso di Heather.»

«Ti ho già detto quello che-»

«Sono appena stato a casa di Donald Ainsley», disse lui, e i suoi occhi si strinsero, il loro respiro che formava nuvole intorno a loro. La neve si attaccava alle sue ciglia - *come quelle di Heather, come quelle di Heather* - e lui dovette resistere all'impulso di spazzarla via. Invece, Petrosky inspirò ghiaccio nei suoi polmoni, lasciando che attenuasse il suo respiro frenetico.

«Perché eri lì, Linda? Cosa sai?»

Lei lo fissò per un attimo, poi: «Ho trovato alcune... incongruenze nella documentazione di Donald». Incrociò le braccia e rabbrividì. «Prima che Heather morisse, mi ero offerta di trovare risorse aggiuntive per suo padre. Lei aveva rifiutato, dicendo che era tutto coperto». Lanciò un'occhiata all'edificio come se sperasse che qualcuno uscisse e la salvasse da questa linea di domande, o forse per assicurarsi che fossero soli - quello che Linda stava facendo non rientrava nella sua descrizione del lavoro. Ma nessun altro uscì dalle porte. L'edificio poteva sembrare un miraggio, mezzo oscurato dal caos che continuava a cadere dal cielo.

«Heather aveva ragione: *era* coperto», disse Linda. «Donald riceveva la maggior parte dei servizi attraverso lo stato, persino la fisioterapia, anche se non ne aveva più bisogno. Ma aveva bisogno degli assistenti domiciliari che Heather pagava di tasca propria, e la settimana scorsa uno di quei assegni è rimbalzato.»

«Oh, capisco. Non hai ricevuto i tuoi soldi, quindi hai pensato di inseguire Donald per ottenerli?»

«Lavoro per la città. Non sono l'ufficio recupero crediti.» I suoi occhi erano infuocati come se potessero bruciare attraverso i fiocchi di neve e penetrare nel suo cervello, e Petrosky fece un passo indietro. «Sono andata lì perché, se gli assegni stavano rimbalzando, Donald avrebbe avuto bisogno di nuovi servizi attraverso lo stato, e dovevo assicurarmi che li ricevesse.»

«Questo e per indagare un po' di più sul caso di Heather.»

«Tu più di tutti dovresti volere scoprire cosa è successo veramente! Avevo bisogno di conoscere la verità dopo il mio ragazzo...» Si strofinò le braccia con le mani guantate e, per un momento, sembrò dieci anni più giovane, con la foschia di ghiaccio fluttuante che le faceva un'aureola intorno alla testa nel bagliore del lampione, i suoi occhi nocciola che riflettevano la luce come fari, le guance rosa cherubino per il freddo. «Ascolta, possiamo andare da qualche altra parte? Ti dirò tutto quello che posso», lanciò un'altra occhiata all'edificio, «solo non qui fuori. Fa un freddo cane.»

«D'accordo. Vuoi bere qualcosa?» Lui ne aveva sicuramente bisogno, e se avesse sciolto la lingua di Linda...

Lei annuì e si diresse verso la sua auto. «Guida tu. Sono stanca.»

I loro passi erano attutiti contro il velo di precipitazioni sull'asfalto, *tup, tup, tup*, mescolandosi con il *tic ticheti-tic* del ghiaccio che ancora cadeva. Linda si fermò alla portiera del passeggero, ma lui continuò fino al bagagliaio e infilò la chiave nella serratura. La bottiglia nuova di Jack Daniel's luccicava debolmente.

«Non c'è bisogno di guidare da nessuna parte», disse, sbattendo il bagagliaio con un *clang*. «Ho il bar con me.»

«Vuoi sederti nella-»

«È più semplice.» Era qui per ottenere informazioni, non per andare a un fottuto appuntamento.

Il ronzio del motore soffocò il mondo circostante, la luce interna li avvolgeva in un bagliore tenue che rimbalzava sui finestrini incrostati di neve - come essere intrappolati in una palla di neve appena agitata. Aprì il tappo e le passò la bottiglia. Lei fissò per un momento ma la prese e mandò giù un sorso, facendo una smorfia, poi gliela restituì.

«Allora dimmi, signorina Davies, cosa pensi esattamente di sapere?» L'aria secca proveniente dalle bocchette del riscaldamento gli bruciava le narici mentre il liquore gli bruciava la gola.

Lei distolse lo sguardo, strizzando gli occhi verso il parabrezza nella tempesta. «I servizi per il padre di

Heather, gli assistenti domiciliari che ho menzionato... Heather li pagava con assegni da un conto congiunto.»

Posò la bottiglia sulla consolle e scaldò le punte delle dita intorpidite sopra la bocchetta del riscaldamento. «E allora? Se Heather pagava le bollette di suo padre, ha senso che avessero un conto congiunto.»

«Il padre non era l'altro nome sul conto» disse Linda. «Ho chiamato per l'assegno respinto e mi hanno dato un altro nome: Otis Messinger.» Si passò le dita tra i capelli, frustrata. «Ma non risulta alla motorizzazione, e il numero di previdenza sociale che Heather ha dato alla banca era falso. E dico 'Heather' perché nessuno in banca ha mai visto questo Messinger, neanche una volta negli ultimi dieci anni da quando hanno aperto il conto».

Petrosky afferrò di nuovo la bottiglia. Heather aveva avuto un conto in banca con un altro uomo per dieci maledetti anni, e per quanto ci provasse, non riusciva a pensare a nessun motivo per cui un uomo dovesse pagarle quel tipo di soldi a quindici anni, a meno che non la facesse fare qualcosa di illegale. Il suo sangue ribolliva così tanto che si stupì che la neve che cadeva intorno all'auto non si sciogliesse al contatto. Mandò giù un altro sorso.

«Non è tutto.» Linda prese la bottiglia, con la mascella tesa. «Il giorno dopo la morte di Heather, i soldi erano spariti. Abbastanza per altri cinque anni di cure per Donald, prelevati con un unico bonifico, e Messinger era l'unico ad avere accesso ai fondi.» Inclinò la bottiglia, il Jack brillava ambrato nella luce offuscata dalla neve. «Ecco perché l'assegno è rimbalzato.»

Starà bene. Ho risparmiato da quando è morta mia madre... giusto in caso.

Linda strinse il cappotto, rabbrividendo.

Heather aveva avuto dei soldi, più che sufficienti per far rimanere suo padre nel proprio appartamento fino alla morte. E qualcuno che prelevava i soldi il giorno dopo la sua morte era una coincidenza troppo grande. Questo Otis Messinger... l'aveva uccisa per i soldi? O forse era l'uomo che l'aveva assunta. Quella cosa del Big Daddy poteva essere solo uno scarabocchio, ma... sembrava qualcosa di più.

«Sono andata a trovare Donald per vedere se conosceva Otis Messinger, per vedere se Heather aveva dei resoconti del libretto degli assegni, qualsiasi cosa che potesse aiutarmi a dimostrare che c'era qualcosa di sbagliato, ma sembrava ignaro. Ho continuato a indagare però, e ieri sera ho trovato qualcosa al rifugio per senzatetto proprio qui vicino, il posto da cui proveniva l'ultima pagina di Heather.»

«Come fai a sapere da dove viene l'ultima pagina di Heather...»

«Lavoro con il tuo dipartimento da cinque anni. Ho anch'io le mie fonti.» Tirò su col naso, piena di sé.

Con chi diavolo stava lavorando là dentro? Qualcuno che conosceva? No, non era questo il problema, non ora. Il silenzio si prolungò, ma non era scomodo nonostante la tensione sul caso. L'unica altra persona con cui condivideva abitualmente il silenzio era Heather, ma lei amava il silenzio più della maggior parte delle persone; entrambi i loro padri apprezzavano i bambini che si vedevano ma non si sentivano.

«Quindi, il rifugio...» disse lui.

«Sembra che uno dei loro visitatori abituali, un visitatore modello secondo tutti, abbia avuto una ricaduta una settimana dopo la morte di Heather. E nulla scatena una ricaduta come lo stress... o il senso di colpa.»

Tutto qui? «Un senzatetto tossicodipendente che ha una ricaduta?» sbuffò. «Quali sono le probabilità?»

«Lo so, lo so, ma si era rimesso in sesto, aveva trovato

lavoro... o almeno così pensavano, perché nelle settimane prima della sua morte, lasciava il rifugio ogni mattina, ben vestito: pantaloni chino e camicie abbottonate e quelle che chiamavano 'scarpe chiassose' che svegliavano gli altri ospiti quando si alzava presto. Molte persone indossano uniformi simili, nei grandi magazzini, nei negozi di tecnologia, persino nei ristoranti, ma...»

I pantaloni chino. Le scarpe stringate. Poteva essere quest'uomo quello che Petrosky aveva visto in quella strada innevata, l'uomo coperto del sangue di Heather? *L'uomo che l'aveva uccisa.* Se fosse così, i soldi e il conto bancario potrebbero non essere collegati; un senzatetto tossicodipendente non dormirebbe in un rifugio se avesse a disposizione cinque anni di fondi di Heather. Forse la sua morte era davvero legata alla droga, e Messinger aveva ripreso i suoi soldi quando aveva scoperto che era morta.

«Perché il detective che si occupava del caso di Heather non sapeva di un tizio che indossava vestiti che corrispondevano a quelli dell'assassino di Heather? So che Mueller è andato al rifugio.»

«La gente del rifugio si fida meno dei poliziotti che degli assistenti sociali... io sono lì per offrire servizi, non per arrestarli per vagabondaggio. Ed è possibile che nessuno abbia pensato fosse rilevante a meno che il detective non abbia chiesto specificamente dell'abbigliamento. Questo tizio è lì solo pochi giorni alla settimana comunque... nessuno sa dove dorma il resto del tempo, o dove lavori. Tutto quello che ho ottenuto è il suo nome: Marius Brown.»

«Marius Brown.» La voce di Petrosky suonava esausta, vuota. Voleva vedere quello stronzo in carne e ossa, ma non poteva semplicemente irrompere nel rifugio e tendergli un'imboscata: c'erano procedure da seguire, un protocollo.

Petrosky guardò l'ora sul cruscotto: erano passate le otto. Mueller non sarebbe stato al distretto ora. La prima cosa domattina, però, avrebbe informato Mueller su Marius Brown e su Gene, l'amico di Heather dal rifugio, l'uomo che Donald aveva detto avesse una cotta per lei. Gene aveva chiamato con i suoi orari, ma cosa stava facendo realmente? La stava perseguitando?

Forse domani avrebbe fatto progressi. Forse domani avrebbe sentito di star facendo qualcosa per Heather.

Forse allora si sarebbe svegliato senza il sangue di Heather sulle mani.

CAPITOLO 12

La neve si diradò mentre guidava verso casa, ma la mente di Petrosky era abbastanza tempestosa. Otis Messinger aveva preso i soldi di Heather ora perché aveva scoperto che era morta, o perché era uno dei due che l'avevano uccisa? Era Marius Brown l'uomo con il sangue di Heather sulle mani, la sua vita che gli inzuppava i pantaloni? Che Messinger fosse l'uomo nel pick-up o meno, l'uomo che Petrosky aveva visto era l'assassino - c'era troppo sangue sui suoi vestiti per essere stato solo uno spruzzo dopo che qualcun altro aveva colpito il cranio di Heather con una spranga.

La neve sul vialetto si stava già trasformando in una fanghiglia bagnata e disordinata. Parcheggiò ma rimase seduto con la mano sulla portiera del conducente, i peli sulla nuca che gli si rizzavano. *C'è qualcosa che non va.*

Scrutò la strada ghiacciata, cercando il luccichio di occhi che brillavano dai cespugli, o una forma umana in agguato dietro un albero, ma non vide nessuno. Nessuna impronta sul suo prato. La porta del garage era chiusa, le finestre buie, le tende tirate come le aveva lasciate.

Petrosky socchiuse gli occhi guardando attraverso il parabrezza, sforzandosi contro il riflesso del ghiaccio sul suo portico. Mentre i cespugli più vicini a lui erano avvolti di bianco, quelli all'estremità opposta della proprietà, vicino al vialetto del vicino, erano liberi dalla neve, come se fossero stati sfiorati da qualcuno che ci era passato sopra. E c'erano *effettivamente* delle impronte sul vialetto del vicino. Ma nessuna di queste cose era ciò che attirava la sua attenzione ora. Una linea d'ombra scuriva la base dello stipite della porta: la porta era socchiusa.

Petrosky balzò fuori dall'auto, pistola in pugno, i piedi che scivolavano sul gradino più alto ghiacciato, ma allungò la mano e si raddrizzò sulla ringhiera. Col respiro affannoso, si fermò sul portico, in ascolto alla porta, ma udì solo il costante *tic, tic* del ghiaccio che gocciolava dal tetto e il suo cuore che martellava. Spinse leggermente la porta per aprirla.

I fari abbaglianti illuminavano il soggiorno altrimenti buio, rendendo il tappeto verde ancora più malsano dove poteva vederlo sotto i cuscini rovesciati e le carte sparse sul pavimento. Il vaso che sua madre gli aveva regalato - l'unica cosa elegante che avesse in quel posto - era in frantumi, i cocci di vetro luccicavano come ghiaccio sul tappeto.

Petrosky si immobilizzò, pistola pronta, poi si addentrò nell'oscurità, oltre la cucina, lungo il corridoio - spalancando la porta del bagno mentre passava - poi controllò la sua camera da letto, sbirciò nella seconda camera spoglia. Vuota. Abbassò la pistola. Chiunque fosse stato qui, ora se n'era andato.

Accese le luci e sbatté le palpebre nell'improvvisa asprezza, così intensa dopo il buio che gli risuonò nelle orecchie come se le sue retine gli stessero urlando di spegnere le lampade. Ma... no. C'era *davvero* un suono stridulo - che proveniva da fuori. Corse di nuovo sul portico, il vetro che scricchiolava sotto le sue scarpe, in tempo per vedere dei fanali posteriori sparire lungo la strada. Un pick-up. No...

Il pick-up.

Corse fuori di casa ma scivolò di nuovo sul gradino ghiacciato in cima alle scale, e questa volta mancò la ringhiera, e il mondo iniziò a girare vorticosamente finché non atterrò, fissando il cielo da un mucchio in fondo alle scale. Il dolore gli attraversò l'anca, la caviglia, il gomito. Imprecando, si alzò a fatica e zoppicò fino alla macchina, saltandoci dentro mentre il pickup girava l'angolo lontano, uscendo dal suo quartiere. Diretto verso l'autostrada. Spinse il cambio in retromarcia, e l'auto arretrò fino alla strada, ma quando la rimise in marcia avanti, un rumore stridente tagliò l'aria; l'auto sembrava anche sbilanciata, pesante e più bassa dal suo lato. Premette forte sull'acceleratore, facendosi male al collo mentre l'auto balzava in avanti, e la ruota urtò il marciapiede, il rumore ora più forte, molto più forte del motore che cigolava. *No, no, no!*

Le gomme dal suo lato erano a terra. Squarciate.

Sbatté i palmi contro il volante e armeggiò con la maniglia della portiera, poi la spalancò e saltò fuori dall'auto, la neve che si scioglieva scivolava sotto i suoi piedi, la porta d'ingresso che sbatteva aperta - *Devo chiamare Patrick!* - le sue scarpe che frantumavano il vetro rotto nella moquette del soggiorno mentre lui... *cazzo*. L'uomo, o gli uomini, che avevano ucciso Heather erano stati *in casa sua*. Erano entrati anche nell'appartamento di Donald? Cosa stavano cercando?

Le sue scarpe scivolarono sul linoleum della cucina, la superficie scivolosa per il ghiaccio sciolto. Si fermò con la mano sulla cornetta del telefono.

Non si uccide una donna e poi si svaligia la sua casa a

meno che non abbia qualcosa che vuoi - o qualcosa che potrebbe incriminarti. Ma perché aspettare un mese dopo la sua morte? A meno che le persone che avevano ucciso Heather non avessero scoperto delle indagini di Linda e pensassero che Petrosky fosse sulle loro tracce, e se fosse così... come avrebbero saputo dell'indagine?

Il cervello di Petrosky si sentiva confuso. Le sue mani erano intorpidite. Niente aveva senso. Lasciò andare il telefono e ascoltò il pesante *tonfo* della cornetta che cadeva nella base. Se c'era qualcosa qui, poteva trovarlo da solo. Di certo non voleva che Mueller frugasse tra le sue cose... e nascondesse qualsiasi cosa rilevante.

Petrosky tornò indietro per chiudere la porta d'ingresso e prese un sacco della spazzatura da sotto il lavello della cucina. Per due ore, raschiò il vetro dalla moquette verde appiattita, lesse e poi gettò carte strappate nel sacco della spazzatura, raddrizzò tavolini e sedie da pranzo rovesciati, asciugò la neve sciolta dalle piastrelle. Quando arrivò alla camera da letto, si fermò, fissando le lenzuola stropicciate che non aveva cambiato da quando Heather era morta. Se fosse stata ancora qui, avrebbero litigato su quale programma guardare? Si sarebbe già stancata delle sue stronzate? Sicuramente gli avrebbe fatto lavare le lenzuola.

Raddrizzò le spalle, posò il sacco della spazzatura sul pavimento e si inginocchiò in mezzo al disordine.

La camera da letto richiese solo mezz'ora, ma il lavoro gli prosciugò il midollo dalle ossa. Ogni oggetto che non avrebbe voluto vedere - la lozione costosa che le aveva regalato solo per farle un piacere, il barattolo in frantumi, la sostanza viscida e bianca sul pavimento, i suoi maglioni, ogni paio dei suoi jeans - tutto era in bella mostra per ricordargli ciò che era stato. E ciò che sarebbe potuto essere. I suoi appunti per il matrimonio erano ancora nella posizione originale sul comodino, sebbene il semplice quaderno a righe fosse ora aperto a una pagina intitolata "Promesse". Perché l'intruso l'aveva aperto? Chiunque avesse fatto questo non si era curato dei suoi sogni, della sua bontà. Volevano solo distruggerla.

Il libro tremava nelle sue mani come se le pagine fossero vive.

Mi hai salvato in modi che non mi sarei mai aspettata.

Non vedo l'ora di trascorrere una vita intera a mostrarti quanto lo apprezzo.

Il suo cuore era in fiamme. Le lacrime gli pungevano gli occhi. «In che cosa ti eri cacciata, tesoro?» chiese al quaderno. «Che cosa ti hanno fatto?» L'oggetto era caldo nelle sue mani. Gettò il libro dall'altra parte della stanza, le pagine frusciarono nel silenzio. Nello spazio dietro il letto, trovò la bottiglia - anche quella era ancora lì. Un'ora dopo, con il Jack che gli pesava nel sangue e la bottiglia fredda sotto il cuscino, si addormentò.

CAPITOLO 13

«Non puoi semplicemente entrare lì e parlare con Mueller» disse Patrick, con gli occhi fangosi che lampeggiavano. «Si sta già lamentando che gli stai pestando i piedi, e il capo ti ha detto di lasciar perdere».

Petrosky fissò il commissariato attraverso il parabrezza. *Avrei dovuto semplicemente entrare invece di fermarmi.* «Tutto quello che ho fatto è stato chiedergli-»

«È proprio questo il punto». Patrick tamburellò le dita sul volante. «A quei stronzi non piace che qualcuno metta in dubbio il loro operato, specialmente non qualche novellino».

«Era la mia fidanzata».

«Motivo in più per starne alla larga, cazzo».

«Starne alla larga? Come posso semplicemente starne alla larga? Tu potresti starne alla larga se si trattasse di tua moglie o di tuo figlio-»

«Capisco, davvero, ma devi almeno fingere di mantenere un basso profilo. Finora, sei andato a lamentarti con lui senza alcuna nuova prova, nessuna evidenza, solo supposizioni, e questo di certo non ha aiutato. Ti ha solo fatto sembrare pazzo».

E ha rafforzato la loro certezza che non dovrei occuparmi del caso. Patrick aveva ragione: aveva bisogno di prove prima. Petrosky si passò una mano sul viso, la barba sulle guance che graffiava le sue dita callose. Non aveva bisogno di questa merda, soprattutto non dopo aver trascorso tre ore quella mattina tra l'attesa del carro attrezzi e l'osservazione del meccanico che riparava la gomma squarciata che un tempo era il suo pneumatico - se avesse avuto più di una ruota di scorta, avrebbe potuto farlo più velocemente da solo. La mascella di Petrosky si serrò. Si pentiva già di aver parlato a Patrick di Marius Brown, anche se si era rifiutato di rivelare la sua fonte, e non aveva ancora menzionato l'effrazione. Chiamalo intuito o paranoia, ma qualcosa non andava qui, e non aveva idea di chi fidarsi.

Patrick gli rivolse uno sguardo duro, uno che Petrosky non aveva mai visto prima, cupo e pensieroso. Quasi... astuto. «Allora, di cosa abbiamo bisogno per provare un legame tra questo Marius Brown e la sparatoria? Al momento, hai solo un'intuizione, ma se tu potessi vedere una foto di Brown...»

Petrosky aggrottò le sopracciglia. Non avevano una foto, non ancora, ma avevano un identikit dell'uomo che Petrosky aveva visto sulla scena del crimine di Heather. Avrebbero potuto portarlo al rifugio; forse qualcuno avrebbe potuto identificarlo. Tuttavia, anche se avessero confermato *chi* fosse, i lavoratori del rifugio avevano detto a Linda che non sapevano *dove* si trovasse Marius Brown. E se fossero andati al rifugio con l'identikit, avrebbero dovuto ammettere a Mueller e al capo che si erano intromessi nell'indagine. Di nuovo. C'era un altro modo per identificarlo?

«Pensi che Brown abbia dei precedenti?» chiese Petrosky.

«Drogato, dorme al dormitorio, probabilmente in piena ricaduta... Ma la narcotici non ci dirà nulla, ordini del capo. Il capo è già venuto a parlarmi stamattina, mi ha detto di tenere il tuo culo lontano dal caso. Scommetto che l'ha detto anche a quel brontolone nell'archivio.»

Fanculo il capo, fanculo lui e le sue stupide orecchie. Petrosky sospirò e tamburellò le dita sulla console. «Quindi se non possiamo chiedere di vedere quei fascicoli, come faremo ad assicurarci che questo Brown sia il nostro uomo prima di andare a parlare con Mueller?»

«Chi ha detto che chiederemo, caprone?»

«Tieniti per te le tue stronzate su capre e scopate, Paddy.»

Patrick sorrise, con quella sua aria spavalda irlandese, ma l'umorismo nei suoi occhi era scomparso. Irlandese *ribelle*.

L'agente Jason Rhodes era di turno al piano di sotto, seduto su una sedia pieghevole davanti a una scrivania di compensato, intento a fare le parole crociate. Molto costruttivo, non è che ci fossero criminali da catturare. Assassini a piede libero. Dietro Rhodes, il corridoio si apriva invitante, con una porta su ciascun lato: una per il deposito delle prove raccolte, l'altra che conduceva agli schedari.

Petrosky aveva il cuore in gola. Rhodes alzò la testa e si spinse su per il naso adunco un paio di occhialini con la montatura metallica. Quel nanetto sembrava un dannato gufo, ma con un occhio pigro che lo faceva sembrare più stupido di quanto probabilmente fosse. Stavano facendo un'irruzione... era questo che lui e Patrick stavano facendo, giusto? Il petto gli si scaldò. *Al diavolo*. E se avesse perso questo lavoro? Lo stavano tormentando fin dal momento in cui era arrivato qui, e ora stavano lasciando che Heather marcisse in una pila di cartelle prima di spedirla in questo umido inferno per l'eternità. Lei meritava di meglio. Tutte le famiglie meritavano di meglio.

Non aveva mai considerato prima questa parte, essere dall'altra parte di un caso irrisolto... la politica, la mentalità del "arrendersi e andare avanti", i detective sovraccarichi di lavoro, la mancanza di fondi per fare di più, per fare meglio. Il fatto che fare meglio significasse intrufolarsi in questo posto invece di seguire gli ordini... beh, era un effetto collaterale della burocrazia del cazzo. E lui odiava le stronzate.

Il vecchio Paddy era già appoggiato alla scrivania, le sue dita tozze spalmate sul piano. Rhodes sorrise - non guardò dalla parte di Petrosky.

«Patrick! Vecchio figlio di puttana, che combini?»

Petrosky lanciò un'occhiata a Patrick, ma il suo partner rimase piantato davanti alla scrivania. «Non molto, è passato troppo tempo, testone. Vieni a prenderti un caffè con me, e il mio partner può tenere d'occhio la scrivania per te.»

È così che Patrick parla agli altri poliziotti? Lo faceva sembrare un po' meno "irlandese ribelle" e più come un leccaculo smidollato. Probabilmente c'erano modi peggiori per farsi strada, ma Petrosky non riusciva a pensarne nessuno.

«Scusa, Pat, non posso lasciare il mio posto. Ho un milione di casi da finire di archiviare, e se me ne vado-»

«Sì, vedo quanto stai lavorando sodo». Patrick indicò il cruciverba, e le guance di Rhodes diventarono rosa. «Non fare lo stupido. Non è che i fascicoli scapperanno, saranno al sicuro con Ed, qui». Sorrise, ma la pelle d'oca pizzicò le braccia di Petrosky. Quell'uomo era un bugiardo maledettamente bravo. Proprio come era stata Heather.

Ma se Petrosky pensava che fosse solo una bugiarda, perché stava rischiando il suo lavoro per lei?

Perché qualcuno l'ha trasformata in quello che è diventata. E perché la amo.

Rhodes lanciò un'occhiata di traverso a Petrosky. «È... non posso farlo entrare».

«Gesù, Maria e Giuseppe, saprà come far firmare il registro alle persone».

«No, non è questo, il capo ha detto-»

«Il capo deve dirlo, lo fa ogni volta che qualcuno perde un familiare, giusto? Solo una precauzione».

Il viso dell'uomo si addolcì mentre guardava di nuovo Petrosky: pietà. Petrosky si irritò. *Avremmo dovuto entrare da una dannata finestra.*

«Va bene, Rhodes. Hai la mia parola, e non c'è nulla di più puro della parola di un irlandese», disse Patrick, e venne fuori come "Oyrlandese".

Rhodes sospirò. «Va bene. Un caffè». Guardò una volta la stanza degli archivi e poi di nuovo Patrick. «Non mi è mai piaciuto molto il capo comunque».

Leccapiedi o meno, le tattiche del vecchio Paddy erano efficaci.

Rhodes si alzò e Petrosky prese il suo posto. Aveva venti minuti, probabilmente meno. Ma Rhodes rimase lì un momento, osservando il tavolo, poi di nuovo la porta dell'archivio.

Venti minuti da quando se ne va. Riprenditi, Petrosky, non fare la capra stupida. O qualsiasi cosa avrebbe detto Patrick.

Il suo partner gli lanciò un'ultima occhiata mentre saliva le scale con Rhodes. Petrosky ascoltò il *tonfo* della porta che si chiudeva, il *clic* del chiavistello, e corse verso l'archivio.

La stanza odorava di fumo di sigaretta stantio - mentolo, roba orribile, ma gli venne l'acquolina in bocca. Sulla parete di fondo, un orologio di plastica economico *tic-tic*chettava i minuti sopra la fila centrale di schedari alti fino al petto. Anche le pareti laterali erano rivestite di cassetti metallici.

Marius Brown. Che poteva essere l'uomo che aveva visto per strada. L'uomo coperto del sangue di Heather.

L'uomo che l'aveva uccisa - ed era fuggito.

Ma perché l'aveva uccisa? La faccenda della droga aveva più senso, proprio come aveva senso che Messinger si fosse ripreso i suoi soldi una volta che lei era morta. Ma non *sembrava* giusto. C'erano state due persone in quel furgone. Due. Brown poteva averla uccisa, ma aveva avuto un complice. E quel giorno avevano cercato Heather con un messaggio, l'avevano attirata nell'oscurità dietro la scuola. Non sembrava solo una questione di droga. Il suo omicidio sembrava pianificato, premeditato, il che significava che c'era un movente. Una ragione.

Petrosky si diresse verso la parete laterale, dove gli schedari erano allineati in ordine alfabetico. Gli acari della polvere gli irritavano il naso, e trattenne uno starnuto. Marius Brown... Brown... Il primo schedario aveva "Aa-Ak" scritto con un pennarello indelebile su una sottile striscia di nastro adesivo. Camminò lungo la fila finché non trovò "Bo-Bz". Afferrò il cassetto e tirò. Rimase bloccato. Lo schedario era chiuso a chiave.

Merda.

Corse alla scrivania in prima fila... vuota. *Quel cretino*

non ha lasciato le chiavi? Ma ovviamente non l'aveva fatto: Rhodes non era disposto a rischiare il suo lavoro lasciando a Petrosky un modo per intrufolarsi.

Petrosky aprì bruscamente i cassetti della scrivania: penne, carta, un altro libro di parole crociate. Nel cassetto di destra, sotto una confezione di nastro adesivo Scotch, c'era un coltellino svizzero, il metallo fresco contro il suo palmo. L'orologio alla parete segnava le 9:22: aveva già sprecato tre minuti.

Con il coltello in mano, tornò nella sala degli archivi e infilò la lama nella parte superiore del cassetto, proprio dietro il meccanismo di chiusura. La serratura non cedette. Lo spostò a sinistra, poi a destra, facendo oscillare la lama contro il metallo, ricordando la vecchia Buick che suo padre possedeva una volta, quella che non aveva mai avuto una serratura funzionante; suo padre doveva scassinarla ogni volta che parcheggiava in un posto poco raccomandabile.

Otto minuti rimasti. *Dannazione*.

Suo padre non ci avrebbe mai messo così tanto. Petrosky avrebbe dovuto esercitarsi di più. *Sì, certo, perché sicuramente userò un coltellino svizzero per intrufolarmi negli archivi della polizia in futuro.*

Poi: *clic*. La serratura scattò aprendosi, e lui fece scorrere il cassetto, chiuse la lama e si infilò il coltello in tasca. Sfogliò i fascicoli, tre, sei, nove, venti, venticinque, Boole, Boscowitz, Briar...

Cinque minuti rimasti.

Sfogliò un altro fascicolo. *Eccolo*. Marius Brown. Patrick aveva ragione sul fatto che avesse dei precedenti, a meno che non si trattasse di un altro Marius Brown. Strappò via la cartella, tirando accidentalmente anche quella davanti, le cui pagine svolazzarono cadendo come se un milione di falene arrabbiate avesse invaso la sala degli archivi.

Dal corridoio provenne uno squittio e lui si immobilizzò: era la porta della cantina. Erano tornati. Afferrò il fascicolo che aveva fatto cadere, cercando di riordinarlo, poi si accontentò di infilare un foglio dopo l'altro nella cartellina di manila, stropicciando le pagine mentre le ficcava nel retro dell'armadio.

Si raddrizzò e strappò la cartellina di Brown. Ancora nessuna accusa di omicidio, solo imputazioni per possesso di oppioidi e OxyContin. La foto segnaletica mostrava l'uomo con lo sguardo spento e vuoto e... *È lui.* Petrosky avrebbe riconosciuto l'assassino di Heather ovunque, anche senza il camion parcheggiato dietro di lui, senza i pantaloni kaki, senza il sangue di Heather che gli copriva le braccia. Il viso senza vita di lei affiorò nella sua mente e la disperazione gli montò nel petto; la respinse. Dei passi risuonarono sulle scale, sempre più vicini. Diede un'ultima occhiata al fascicolo che teneva in mano prima di nasconderlo sotto la giacca. Ultimo indirizzo conosciuto, un posto dove Heather aveva trascorso qualche giorno ogni settimana consegnando vestiti e preparando pasti. Il rifugio per senzatetto. Pieno di persone che cercavano solo di sopravvivere.

CAPITOLO 14

«**E** hai trovato casualmente la foto di quel tipo? » Le braccia di Mueller erano appoggiate sulla scrivania, una mano ancora stretta attorno alla tazza del caffè del mattino.

« Sì, ho visto una foto al rifugio quando sono andato a consegnare i vestiti di Heather », disse Petrosky. « Una di quelle pareti piene di gente che sorride, che cerca di vendere il posto - come se qualcuno lì avesse bisogno di una ragione oltre ai letti. »

Gli occhi di Mueller si strinsero; sapeva che Petrosky stava mentendo. Ma a suo merito, lui annuì soltanto. « Ho pensato che fossi pieno di stronzate quando sei entrato qui stamattina, ma... »

Petrosky attese che Mueller dicesse qualcosa di più, ma lui si appoggiò all'indietro e bevve un sorso di caffè. Poi appoggiò la tazza sulla scrivania.

Vieni avanti, bastardo, aspetterò solo un'ora mentre tu ti dilettai al telefono. « Ma cosa? »

« La banca dice che Marius Brown ha ricevuto una

grossa somma di denaro il giorno dopo la morte di Heather Ainsley - quasi cinquantamila dollari. »

Cinquantamila dollari - cinque anni di mutuo e pagamenti per le cure a domicilio? Non solo Marius Brown aveva ucciso Heather, ma qualcuno gli aveva anche pagato per farlo... con i soldi di Heather. Petrosky ingoiò la bile insieme alla rabbia incontenibile che bolliva nel suo stomaco. Forse avrebbe dovuto dire a Mueller del denaro prelevato dal conto di Heather, di Messinger - ma no. L'uomo aveva abbastanza per iniziare a indagare. Petrosky avrebbe tenuto la notizia in serbo per il momento in cui Mueller voleva lasciare raffreddare il caso.

Mueller fece un cenno verso le scale. « Perché non esci a fare un giro con il tuo socio lì? »

Se pensa che glielo lascerò fare-

« Vuol dire che questa è la tua giurisdizione, i parchi intorno al rifugio? Avrò bisogno di rinforzi se le cose si mettono male e se per caso tu fossi lì, non c'è molto che il capo possa dire, conflitto di interessi o no. »

Aspetta, Mueller stava... dandogli un po' di informazioni sul caso? « Io posso farlo », disse Petrosky in fretta. Forse Mueller non era un coglione quanto Petrosky pensava.

La giornata era gelida ma soleggiata, il vento acre nel parcheggio bruciava le guance di Petrosky come una fiamma. Petrosky mise la macchina in marcia e svoltò a destra dietro la macchina di Mueller. Il sudore gli appiccicava il colletto dell'uniforme alla nuca nonostante la brezza gelida.

« Sei sicuro che ti disse di seguirlo? » Patrick socchiuse gli occhi sul parabrezza.

No. Il ghiaccio sulle strade faceva un rumore di sospiri umidi contro le fiancate della macchina - *Plup, plup, plup* - i cristalli di ghiaccio sulle curve gialle brillavano nella luce del sole. Petrosky guardò da parte; Patrick era accigliato davanti a lui. Petrosky distolse lo sguardo. Non aveva ancora detto una parola a Patrick sulla rapina. Due volte aveva aperto bocca per dirglielo, ma ogni volta una stretta al petto lo aveva tenuto indietro. Invece di considerare cosa significasse, tenne gli occhi sulla macchina di Mueller imboccando il rifugio.

Petrosky accese la ricetrasmittente, sperando che rimanesse muta. Mueller aveva detto di far marcia indietro e lui avrebbe chiamato i rinforzi se Marius Brown fosse stato lì, ma qualsiasi chiamata ricevuta in quella zona sarebbe stata di loro competenza anche. Una portiera sbatté. Il cuore di Petrosky accelerò mentre Mueller lanciava un'occhiata alla sua macchina e subito distoglieva lo sguardo, passando poi a camminare a passi svelti sull'area salata del parcheggio verso il rifugio ghiacciato. Il posto non era enorme: forse duemila metri quadrati di spazio aperto, letti a castello stipati da parete a parete, i volontari che cambiavano le lenzuola o cucinavano. Sarebbe stato difficile nascondersi. Il rifugio era chiuso a chiave come una cassaforte di notte - la maggior parte dei posti lì era - ma a quell'ora del mattino, la gente avrebbe mangiato o si sarebbe preparata per andarsene. Sperò di non aver perso Marius.

Pochi momenti dopo, Mueller riemerse, corrugando la fronte, e si sedette al volante. « Dove andiamo, adesso? » borbottò Patrick.

Petrosky mise la macchina in marcia e seguì il detective attraverso la città che si sgelava. Non ricordava di aver tirato fuori le sigarette, ma d'un tratto ce n'era una in bocca, il freddo, la grana della accendino contro il pollice, il fumo nelle narici. La strada fangosa sfilava lentamente da entrambi i lati, il sole era così abbagliante contro le montagnole di neve ghiacciata sui marciapiedi che Petrosky quasi mancò Mueller mentre voltava a destra in un parcheggio. Un getto di aria gelida rinfrescò la guancia destra, quella rivolta verso Patrick, ma benché il finestrino rimaneva aperto, Patrick aveva la decenza di tenere la bocca chiusa.

Il cartello sopra l'edificio di neon verde vorticava: *GRANDE MAGAZZINO ELETTRODOMESTICI.* L'edificio di mattoni rossi accanto aveva le tavole inchiodate su gran parte delle finestre anteriori, e le finestre senza tavole erano buchi spalancati. Nessun vetro.

Cosa cazzo stai facendo, Mueller? Petrosky si fermò accanto alla macchina non contrassegnata di Mueller e fissò il fronte dell'edificio, le labbra strette attorno alla sigaretta, inspirando come una ventosa.

Mueller non entrò per molto - uscì di nuovo cinque minuti dopo, ma invece di andare alla sua macchina, corse verso la loro. « Marius Brown lavora qui, stando a quanto dice Jerry, il custode del rifugio. »

Petrosky corrugò la fronte. Tutto quel tempo e nessuno aveva idea dove lavorasse Brown, ma d'un tratto Jerry sapeva esattamente dove trovarlo?

« Si è presentato al lavoro alle otto », disse Mueller, « ma ha ricevuto una chiamata trenta minuti dopo e ha detto di dover sbrigare una "commissione veloce." Sembra sia una cosa normale per lui - probabilmente sta facendo affari con la droga. »

Petrosky guardò l'orologio del cruscotto: le nove e quindici. Solo quarantacinque minuti dopo che Brown se n'era andato. « Mi meraviglio che fosse venuto a lavorare, con quel denaro in conto. Deve aver fatto una deviazione sulla strada del ritorno. » A meno che Brown non sapesse che lo cercavano. Se quell'uomo stava scappando, avrebbero fatto un appello, lo avrebbero trovato prima che si esaurisse. Petrosky spinse la portiera fuori spalancata.

« Io chiamerò per far cercare unità,» disse Mueller, come se leggesse nel pensiero « ma se qualcun altro l'ha chiamato, potrebbe averlo preso - sembra che sia uscito dalla porta anteriore, non dal retro dove c'è il parcheggio del personale. »

« Ha per caso un veicolo? » Era improbabile, o avrebbe dormito dentro. Petrosky strizzò gli occhi sull'edificio e poi sul vicolo che passava tra il negozio di elettrodomestici e il mostro rosso mattone accanto. « Varrebbe la pena controllare il parcheggio del personale, comunque. » Avrebbero dovuto almeno dare un'occhiata in giro prima di farlo prelevare; avrebbero potuto aspettare nel parcheggio per il caso in cui Brown si fosse presentato. Petrosky era in uniforme, ma né lui né Mueller avevano guidato una macchina di pattuglia, quindi Brown non avrebbe saputo che erano lì finché non fosse entrato all'interno - e a quel punto sarebbe stato troppo tardi per evitarli.

Mueller diede un'occhiata all'edificio e annuì.

La neve bagnata si scava sotto le suole di gomma di Petrosky, il vento fresco e gradevole contro il viso mentre varcavano l'ombra degli edifici. Il vicolo a malapena era largo abbastanza da far passare una macchina. La pittura verde lime del negozio di elettrodomestici si stava scrostando qui e là, svelando ferite di cinderblocks grigi alla loro sinistra, e l'edificio rosso abbandonato a tre piani torreggiava sulla loro destra; nessuna finestra da una parte o dall'altra, neanche un cenno a cosa contenessero gli edifici da qui. Dal tetto segnato in alto, il pallido sole sfolgorava tra le linee dei tetti.

Alla fine del vicolo c'era un lastrone di cemento quadrato e crepato con spazio per non più di quattro auto. Una Pontiac Firebird con la ruggine intorno al pozzetto posteriore era parcheggiata alla loro sinistra, all'imbocco del vicolo. Nel posto più lontano, accanto all'ingresso posteriore del negozio, c'era una Pinto arancione, simile a una scarafaggio, con la parte posteriore che sbucava da dietro una station wagon con pannelli di legno. Petrosky si diresse verso il retro del parcheggio, dove un basso muro di mattoni li separava da un parcheggio simile oltre. «Se fosse tornato indietro e avesse scavalcato questo muro invece di proseguire per la strada, potremmo avere testimoni per dirci quale direzione...»

Petrosky smise di camminare.

Dietro di lui, Mueller sussurrò, «Merda.»

Un paio di scarpe nere con la punta, le stesse che l'assassino aveva indossato la notte in cui aveva ucciso Heather, spuntavano intorno alle gomme posteriori della Pinto, con la punta rivolta verso l'alto. Petrosky passò oltre l'auto.

Marius Brown giaceva sull'asfalto, con un foro in mezzo al petto, la camicia inzuppata di sangue. I suoi occhi fissavano vuoti il cielo.

Nessuno aveva sentito lo sparo? Poi di nuovo, i muri erano fatti di mattoni e solo metà di questi edifici erano abitati. Chiunque avesse sentito avrebbe pensato che era solo il rumore di un'auto che faceva marcia indietro. La gente preferiva la spiegazione più piacevole.

«È questo l'uomo che ha ucciso Heather Ainsley?» chiese Mueller da dietro di lui, e la sua voce sembrava molto lontana, come se stesse parlando attraverso un tunnel.

«È lui», disse Petrosky, e anche la sua voce sembrava arrivare alle sue orecchie da lontano.

Rimasero in silenzio per un attimo, poi Mueller parlò: «Non va bene».

Per dio, finalmente.

Patrick li riportò in centrale, i pensieri di Petrosky così forti che a stento riusciva a sentire il rumore del motore, figuriamoci concentrarsi sulla strada.

Petrosky era contento che Brown fosse morto - se l'era meritato. La sua unica riserva era che non poterono interrogare l'uomo, scoprire perché aveva ucciso Heather e chi era il suo complice con la maschera da sci - l'uomo che aveva sparato a Patrick. Petrosky chiuse gli occhi contro il sole accecante che filtrava attraverso il parabrezza.

E adesso? La morte di Heather doveva essere più che un affare di droga andato male, altrimenti Marius Brown sarebbe stato ancora vivo. Forse Brown era stato ucciso dal suo complice in auto; forse quell'uomo misterioso che aveva sparato a Patrick aveva pensato che Brown avrebbe esposto il loro crimine o si sarebbe fatto un accordo per una pena più lieve in cambio di informazioni. Forse la stessa persona era entrata in casa sua, anche, cercando qualcosa che lo incriminasse per la morte di Heather. Doveva trattarsi di Otis Messinger, vero? Messinger era l'unica altra persona che aveva accesso ai fondi di Heather e ci aveva messo i soldi di Brown il giorno dopo la sua morte. Se avessero controllato gli estratti conto di Marius Brown adesso, avrebbero trovato anche il suo improvviso afflusso di contanti cancellato?

Il sangue di Petrosky bolliva, la rabbia scacciava via quel dolore doloroso e solitario. La vendetta era una cattiva cosa; l'aveva imparato presto nella sua carriera militare. Ti rendeva irruente. Ma la giustizia... quella valeva la pena di combattere per lei, anche se le due cose erano facce della stessa medaglia. Petrosky doveva capire esattamente con cosa aveva a che fare - e con chi. Aprì gli occhi.

Il rifugio. Doveva tornarci. Forse ci avrebbe portato

Linda. Lei sembrava avere una migliore comprensione del caso rispetto a tutti loro: connessioni al rifugio, connessioni alle persone coinvolte e lui sapeva che non era complice degli omicidi; non avrebbe riaperto il caso per loro se avesse avuto qualcosa a che fare con esso.

«Vuoi prendere qualcosa da mangiare?»

La voce di Patrick riportò Petrosky indietro in macchina, il *slishhhh* delle gomme sulla strada fermò quando la macchina si fermò davanti alla centrale. «Non adesso. Ho alcune commissioni da sbrigare».

«Sicuro? Sembra che Mueller stia per prendere l'amico di Heather dal rifugio, Gene Carr, per interrogarlo - conosceva anche Marius Brown. Possiamo prendere del cibo da asporto e guardare».

Petrosky inclinò la testa. «Come fai a saperlo?»

«Ho tirato alcune leve». Patrick annuì, ma le labbra erano rivolte all'ingiù, gli occhi stretti.

Patrick poteva tirare le leve per guardare gli interrogatori, ma dovevano forzare l'ingresso per ottenere i file? Di chi era il culo che Ol' Paddy baciava con quelle labbra irlandesi così grandi? *Forse ha solo fatto carino invece di dire al capo di fottersi.* Politica.

«Tornerò fra quarantacinque minuti», disse Petrosky. «Mueller non sembrava così ansioso di lasciare la scena del crimine e gli impiegati del rifugio si spostano tra i vari edifici prima di pranzo - Heather usava la mia macchina per prendere donazioni nelle chiese vicine. Gene Carr potrebbe essere più difficile da rintracciare di quanto Mueller non creda».

Ma quella non era la ragione per cui stava andando. Messinger era la loro migliore pista e Petrosky non voleva restare seduto ad aspettare il ritorno di Mueller dalla scena del crimine.

Aveva finito di aspettare.

CAPITOLO 15

La receptionist dell'ufficio di assistenza sociale lo guardò con l'espressione esausta e annoiata di un casellante a fine turno doppio.

«Linda Davies è disponibile?» Petrosky sollevò un sacchetto di plastica con del cibo da asporto.

Lei aggrottò le sopracciglia, poi prese la cornetta dalla scrivania. «Linda? C'è qualcuno che vuole vederti.»

Perché era venuto qui, di nuovo? Non aveva un motivo specifico per pensare che Linda sapesse più di quanto gli avesse già detto, ma in qualche modo venire qui gli era *sembrata* l'opzione più ragionevole. Avrebbe esaminato il caso con lui, lo avrebbe aiutato a capirlo. Inoltre, lei capiva questo dolore. E aveva imparato ad andare oltre.

Linda emerse dal corridoio sul retro. La sua mascella cadde quando vide Petrosky.

«Spero ti piaccia il cinese: pollo o gamberi, scegli tu.»

Linda lanciò un'occhiata alla receptionist che ora li fissava con interesse non mascherato, poi gli fece cenno di seguirla.

«Spero non sia un problema che sia passato senza

preavviso. Ho pensato che l'ora di pranzo fosse il momento migliore per trovarti senza un cliente.»

Lei annuì. «Sei stato fortunato. La maggior parte dei giorni mangio in macchina tra una visita domiciliare e l'altra.»

«Ma non oggi?» *Perché non oggi?* Lei alzò le spalle. Sembrava che questo martedì fosse pieno di eventi strani, come scoprire l'assassino della tua fidanzata con un buco fresco nel petto.

Seguì Linda lungo un breve corridoio beige e in un minuscolo ufficio dello stesso colore, la monotonia delle pareti interrotta da diplomi universitari incorniciati alla sinistra della sua scrivania e un grande dipinto di girasoli sulla parete di fondo accanto alla finestra. Il sole accecante era scomparso mentre era nel ristorante cinese; stava nevicando di nuovo.

Linda afferrò una pila di fascicoli per fare spazio ai contenitori sulla sua scrivania di pino segnata. Mise un tozzo vaso di rose rosa finte sul pavimento vicino ai suoi piedi. «Hai parlato con Brown?»

«È morto.» Petrosky posò l'ultimo contenitore di cera sulla scrivania e alzò lo sguardo in tempo per vedere gli occhi di Linda allargarsi.

«Cosa? Come può essere... oh mio Dio.»

«Chi era il tuo contatto al rifugio? Oggi tutti sembravano sapere fin troppo bene dove lavorava Brown.» Le spinse le posate di plastica, un'offerta di pace: le sue parole erano uscite più dure di quanto intendesse.

Lei scartò una forchetta, poi afferrò il contenitore più vicino. «È strano. Hai parlato con Sheila?»

Lui abbassò lo sguardo e aprì l'altra scatola. Il vapore intriso di sale e glutammato monosodico lo colpì in faccia. «Il detective ha parlato con un certo Jerry, non con Sheila.»

«Ah, quel tipo di solito lavora nel turno di notte.» Infilzò un pezzo di pollo all'arancia.

Ma Jerry e Sheila non erano i motivi per cui era venuto. Tirò verso di sé i gamberi alla Szechuan, l'aria piccante che gli pungeva le narici. «Senti, Linda, forse stiamo affrontando tutto nel modo sbagliato. Stiamo cercando indizi sulla scena del crimine, nell'omicidio di Heather, ma... che dire di quest'uomo che ha passato un decennio a darle soldi? È lui la chiave qui: si è persino intrufolato a casa mia per assicurarsi che non avesse lasciato prove lì... o... beh, accidenti, non lo so.»

Linda si immobilizzò con la forchetta sospesa sopra il riso. «Qualcuno è entrato in casa tua...»

«Ascoltami e basta. Marius Brown uccide Heather con un altro uomo nel camion. Il conto di Heather viene svuotato il giorno dopo la sua morte... e quei soldi finiscono immediatamente sul conto di Brown.»

Lasciò cadere la forchetta e la riprese velocemente. «Marius... l'hanno pagato per... wow.»

«E oggi, qualcuno uccide Marius.»

«Io-»

«Messinger è la chiave di tutto questo, Linda, è lui che dobbiamo trovare.»

Esalò frustrata. «Ci ho provato. Ho chiesto in giro alla banca, ho cercato Messinger. I poliziotti potrebbero fare di meglio, ma ho fatto le stesse domande che avrebbero fatto loro.»

Infilò una forchettata di gamberetti e riso in bocca, masticò e deglutì. «Ho bisogno di sapere che tipo di uomo paga degli adolescenti per, sai... abusare di loro. O forse spacciava droga? Non so cosa stesse facendo, solo che doveva essere illegale per la quantità di soldi che guadagnava.» *Forse era un sicario come Brown.* Quasi rise.

«Beh, pagare i ragazzi per spacciare droga non è certo

una novità: lo si vede spesso nei quartieri degradati, nelle gang. Quanto al tipo di uomo che potrebbe pagare ragazze adolescenti per sesso, l'intera industria della moda è costruita intorno alla giovinezza. Depilati le parti intime, sembrarai una dodicenne, sii sexy; questo è mainstream.» Infilzò un altro boccone di pollo ma lo fissò invece di metterselo in bocca.

Si appoggiò allo schienale allontanandosi dalla scrivania e posò la mano con la forchetta sul ginocchio. «Questo tizio è diverso, più di un semplice pervertito di mezza età.» E Messinger doveva essere più anziano se aveva i soldi dieci anni fa quando Heather iniziò a pagare la casa di suo padre.

Linda posò la forchetta. «Stai cercando un profilo.»

«Immagino di sì.»

«Hai gli psicologi del dipartimento per questo.»

«Mi piacerebbe sentirlo da te.» Perché... si fidava di lei, lei *voleva* aiutare.

Si appoggiò allo schienale della sedia, e le gambe di legno cigolarono. Linda aggrottò la fronte. «Non abbiamo molti elementi su cui basarci. Che la usasse per sesso, o la pagasse per vendere droga, o addirittura la affittasse... c'è una grande differenza nei profili.» *La affittasse*. Petrosky deglutì a fatica per evitare di vomitare.

Linda stava ancora parlando. «Quello che sappiamo è che è cauto: si è preso il suo tempo. Potrebbe aver versato soldi sul suo conto per mesi prima di chiederle di fare qualcosa di discutibile, condizionandola, facendole il lavaggio del cervello... facendosi fidare di lui. Cosa che lei ha fatto. Non ha mai detto a nessuno che lui esistesse.»

Le parole gli si conficcarono nelle costole. «Ma ucciderla... perché ora, se sono stati in contatto per un decennio? E perché assassinarla in pubblico?» Ma Heather non era stupida; se avesse sospettato di essere in pericolo, come sembrava pensare Linda, non avrebbe incontrato questo tizio in un luogo privato. Anche se l'avesse incontrato in quella strada... avrebbe potuto trascinarla più lontano dietro la scuola.

«È proprio questo il punto: non abbiamo modo di sapere con certezza perché sia morta, Ed. Marius Brown potrebbe essere stato pagato per farlo, ma-»

«Brown era un sicario. Un *sicario*. Messinger l'ha attirata là fuori e ha lasciato che Brown la uccidesse: non ha dato quei soldi a Brown il giorno dopo senza motivo. Cosa ha fatto per meritarselo?» La sua voce si stava alzando, e stringeva la forchetta così forte che la plastica gli si conficcava nel palmo della mano.

Linda si sporse di nuovo in avanti. «Semplicemente non lo sappiamo.» La sua voce era quasi un sussurro. Ma c'era un luccichio nervoso nei suoi occhi, e quando abbassò lo sguardo, lui fu certo che stesse trattenendo qualcosa.

«Forse non lo sappiamo con certezza,» disse lui. «Ma ipotizza. Per favore.»

Prese un respiro profondo e lo lasciò uscire lentamente, mantenendo lo sguardo fisso sulla scrivania. «Se avessi passato un decennio a dare soldi a una donna per qualcosa di illegale, mi preoccuperei che potesse raccontarlo al suo nuovo marito poliziotto».

Aghi gli trafiggevano il retro del cranio. Linda aveva ragione: nulla era cambiato per Heather nel decennio prima della sua morte, nulla che potesse rendere nervoso il suo "datore di lavoro". Nulla tranne Petrosky. Forse questo Messinger aveva scoperto che stava per sposarlo e pensava che potesse rivelare i suoi segreti. Forse lei stessa aveva cercato di uscirne.

Ma rompere è difficile.

«Potrebbe essere anche una gelosia all'antica», continuò Linda, guardandolo di nuovo in faccia. «Se

Messinger l'avesse tenuta per sé tutti quegli anni, avesse passato tutto quel tempo a condizionarla, a pagarla... non credo che avrebbe voluto condividerla con un marito». Infilzò un gambo di broccolo come se avesse voluto che fossero i testicoli del loro sospettato.

«D'accordo, quindi forse è geloso, si è preoccupato che potesse spifferare tutto. In entrambi i casi... come faccio a prenderlo adesso? Cosa lo farebbe uscire allo scoperto?» Ma il tizio non si stava nascondendo: semplicemente non sapevano chi stavano cercando.

Lei si ficcò un boccone in bocca, poi tamburellò con la forchetta di plastica sulla scrivania per qualche istante. «Se avessi un sospettato, potresti metterlo sotto pressione, irritarlo, vedere se commette un errore. Non ci vorrebbe molto: è già abbastanza spaventato da irrompere in casa tua».

Se avessi un sospettato. L'orologio a muro *tic, tic, ticchettava* come il ghiaccio nel parcheggio la notte in cui aveva teso un'imboscata a Linda fuori dal suo ufficio. Passarono trenta secondi. Quaranta. Si schiarì la gola per rompere il silenzio. «Quindi, la mia unica opzione è stressarlo una volta che avrò capito chi è?» Molto utile. L'ultima volta che aveva provato questa merda psicologica.

«Non consiglierei di antagonizzare i sospetti di omicidio, ma se avesse voluto ucciderti, ci avrebbe già provato».

«Credo che abbia già cercato di uccidermi». Petrosky posò la forchetta nel contenitore del riso e guardò oltre Linda fuori dalla finestra coperta di neve, poi il quadro adiacente di girasoli arancioni e dorati, così dannatamente felici come se sapessero che la neve non sarebbe durata. Ma poteva durare. «Il mio partner è stato colpito la notte in cui è morta Heather: il camion era lì fermo sulla strada come se ci stesse aspettando, Marius Brown in piedi coperto del sangue di Heather, e il tizio sul sedile del passeggero che puntava una pistola dal finestrino posteriore...»

«Marius è rimasto semplicemente lì fermo?» Aggrottò le sopracciglia.

«Sembrava fatto come una pigna, sì, ma di sicuro ha iniziato a muoversi una volta che il suo partner ha sparato a Patrick. Potrebbe aver fatto finta, cercando di distrarci». E aveva funzionato.

«E se non lo fosse?»

«Non fosse cosa?»

«Fatto. O che fingesse. Scegli tu».

«Era coperto del suo sangue. Coperto. Troppo per essere stato schizzato da qualcun altro che la colpiva, non importa quanto vicino fosse. Doveva essere stato a terra, picchiandola lui stesso. E lo hanno *pagato*, Linda. Perché l'avrebbero fatto se non l'avesse uccisa lui?» Un'immagine di Brown balenò dietro le palpebre di Petrosky, la materia cerebrale di Heather sulle mani di Brown, il suo sangue sui pantaloni kaki, quasi nero alla luce della luna, il pasticcio gelatinoso che scivolava dalle dita di Brown, il *plip* umido della carne che colpiva la strada.

Linda scosse la testa. «È davvero strano che fossero ancora lì quando sei arrivato. E con l'effrazione...» Si sporse verso di lui, con lo sguardo duro. «Forse qualcuno voleva la tua morte quella notte, ma ora vuole solo assicurarsi che non rimanga nessuno che possa dirti qualcosa. Se tu sapessi chi è, sarebbe già in manette. Ed è più rischioso uccidere un poliziotto che ammazzare qualcuno di cui non importa a nessuno».

Il peso che sentiva nello stomaco gli salì al petto, schiacciandogli lo sterno, e i pochi bocconi di cibo cinese gli si inacidirono nella pancia. «A me importa. Mi importava di lei».

Linda lasciò cadere la forchetta nel pollo all'arancia e

girò intorno alla scrivania per sedersi accanto a lui. Gli posò una mano sul braccio. «Non intendevo...»

«No... hai ragione». La sua voce si incrinò, appena un po', ma abbastanza da fargli venire voglia di prendersi a pugni in gola. «È una stronzata, come funziona, come a nessuno importi a meno che tu non abbia... a meno che tu non valga di più».

«Lo so, e quelli come noi sono bloccati nelle trincee, a vedere le persone che il resto del mondo dimentica. Ma va bene così, Ed». Il suo nome non suonava poi così male sulla sua lingua, e all'improvviso il suo dolore per Heather sembrò moltiplicarsi dentro di lui; poteva sentirla in quella stanza con loro, e le sue mani si tesero con il desiderio di stringerla, di ascoltare il suo respiro leggero, di scostarle i riccioli dal viso un'ultima volta. Le lacrime gli pungevano gli occhi, e si asciugò le guance, voltando il viso. Linda gli strinse il braccio, una pressione dolce e gentile vicino al polso.

«Capisco, Ed. Anche io ho perso qualcuno. Non passa mai, ma diventa più facile, te lo prometto».

Per un momento, poté sentire il profumo floreale di Heather, la gardenia che usava nei capelli, percepire anche il suo calore, ma la sensazione svanì quando Linda lo lasciò andare. «È dura quaggiù nelle trincee», mormorò.

Era stato con la faccia nella polvere, letteralmente o figurativamente, per tutta la vita. Ed era stanco. Aveva bisogno di fare qualcosa di... buono. Doveva esserci qualcosa di meglio.

CAPITOLO 16

Gene Carr era un piccolo idiota piagnucoloso con una faccia da gnomo e occhi marroni che si abbinavano ai capelli sulle tempie - un tizio più anziano, almeno cinquantenne. Vagamente familiare, inoltre, anche se Petrosky non riusciva a collocarlo. Probabilmente dal rifugio.

Mueller stava in piedi dal suo lato del tavolo metallico, con le dita distese sulla superficie come se stesse aspettando che Gene Carr facesse qualcosa di stupido così da poter avvolgere quelle dita massicce intorno alla gola del sospettato.

«Quanto bene conosceva Heather Ainsley?» abbaiò Mueller.

Il labbro di Gene tremò, e scosse la testa. «Solo dal lavoro, signore.»

«Sembra che Lei volesse conoscerla un po' meglio di quanto lei Le permettesse, è così?»

«Io... io...» Carr scosse di nuovo la testa. «No.»

«Davvero? Perché ho una dichiarazione di suo padre che dice il contrario.»

«Di Donald?» I suoi occhi si spalancarono, e le sue nocche diventarono bianche sul piano del tavolo. «Donald ha detto questo? Per favore, io solo... ho solo chiamato per assicurarmi che venisse al lavoro, e poi una sera, dovevamo solo andare a ballare, lo giuro!»

Petrosky quasi sorrise, ricordando la prima volta che aveva fatto visita a Heather a casa di Donald. Il vecchio era seduto sulla sua sedia a rotelle vicino alla porta d'ingresso, lucidando il suo vecchio fucile dell'esercito, raccontando una commovente storia sui bei vecchi tempi quando aveva da solo abbattuto tre dozzine di uomini in un'ora. Ma le sue mani tremavano troppo perché Petrosky lo prendesse sul serio. Sembrava che Gene avesse incontrato Donald prima che la malattia avesse privato il vecchio del suo coordinamento.

«Lei e Heather siete andati a ballare?»

«Dovevamo. Era tipo... otto, nove mesi fa. Forse aprile? Ma non si è mai presentata. Le ho chiesto di uscire alcune volte dopo, ma diceva sempre che era occupata.»

Aprile. Era quando Petrosky l'aveva raccolta per strada. Stava andando a incontrare questo imbecille? Ma se fosse stato così, perché non gli aveva detto che stava andando a ballare invece di lasciare che la fermasse con il sospetto di prostituzione? Le aveva persino chiesto se lavorava nel centro massaggi in fondo alla strada, e lei lo aveva solo fissato. *Deve aver incontrato Gene un'altra sera.*

«Sembra che Lei fosse molto interessato ai suoi orari,» continuò Mueller. «Continuare a chiamare una ragazza che non era interessata... Le sembra una cosa normale da fare?»

«Non lo faccio da mesi!» disse, e quando Mueller inclinò la testa: «Le chiamate, intendo. Continuava a rifiutarmi, così ho smesso.»

«Perché La faceva arrabbiare, Gene?»

Scosse la testa. «Non ero arrabbiato. Mi guardi.» Fece un gesto verso il suo ventre flaccido. «Cosa avrebbe voluto una bella ragazza come lei con uno come me?» Scrollò le spalle, ma la sua faccia era addolorata, gli occhi così sinceri che Petrosky... quasi gli credette.

«Conosce un tizio di nome Otis Messinger?» disse Mueller.

Il nome sul conto bancario di Heather, la persona che aveva prosciugato i suoi fondi dopo la sua morte. Petrosky si era sentito a disagio dopo pranzo quando aveva informato Mueller su Messinger - non voleva scoprire tutte le sue carte troppo presto - ma il pensiero che il suo omicidio potesse essere in parte colpa sua... Doveva fare tutto il possibile per aiutare a chiudere il caso.

«No.» Gene rilassò le mani, e il colore tornò nelle sue nocche.

«Marius Brown, un tizio che a quanto pare conosci piuttosto bene dal rifugio, è entrato in possesso di un bel gruzzolo dopo la morte di Heather. Sembra quasi che qualcuno l'abbia pagato per ucciderla». Mueller si chinò fino a trovarsi praticamente naso a naso con l'altro uomo, e il volto di Gene divenne pallido come un cencio. «Cosa troverò se controllo i tuoi conti?» Anche se conoscevano già la risposta: i registri finanziari di Gene erano pessimi. L'uomo aveva dichiarato bancarotta due anni prima dopo il divorzio, e i suoi conti bancari mostravano una costante lotta per pagare le bollette. E lavorare al rifugio non pagava un cazzo. Gene doveva fare qualcosa in più per sbarcare il lunario, ma probabilmente non aveva nulla a che fare con Heather.

«Dov'eri giovedì della settimana prima del Ringraziamento?»

Il giorno in cui Heather era stata uccisa.

«Io... non ne ho idea. A casa?»

«Da solo?»

Gene annuì. «Di solito lo sono. Dal divorzio, beh...»

Mueller sbuffò. «Non è un granché come alibi».

«Non sapevo di averne bisogno, signore». A questo punto Gene si agitò, e qualcosa gli attraversò il volto, stringendogli le labbra. Abbassò le mani sotto il tavolo. «Sono in arresto?»

«No, non lo sei». Mueller si avvicinò ancora di più. «Non ancora, comunque».

Gene si alzò in piedi. «Allora, me ne vado a casa». I suoi occhi brillavano di sfida come quelli di un procione messo all'angolo che aveva perso il desiderio di sopportare le stronzate di chiunque. Si diresse verso l'uscita del tavolo, stando il più vicino possibile al muro - e il più lontano possibile da Mueller.

Petrosky lasciò l'area di osservazione e si diresse verso l'atrio. Gene conosceva i suoi diritti meglio della maggior parte delle persone innocenti. Forse sapeva che sarebbe stato chiamato per un interrogatorio. Forse sapeva che avrebbe dovuto essere in arresto. Ma senza alcuna prova che collegasse Gene alla morte di Heather, o ai soldi di Heather, o che suggerisse una relazione con Marius Brown, non potevano trattenerlo lì. Tutto quello che sapevano era che era un amico di Heather, un amico che una volta la chiamava incessantemente, ma questo non era illegale. Non potevano nemmeno collegarlo alla chiamata fatta a Brown quella mattina; secondo il personale del rifugio, Gene non aveva fatto chiamate né aveva lasciato il lavoro. Eppure... c'era qualcosa che non quadrava in questo tizio.

La porta della stanza degli interrogatori cigolò aprendosi, e Gene uscì, passandosi una mano tra i capelli. Vide Petrosky e si immobilizzò.

Petrosky sorrise, sperando che sembrasse predatorio.

L'uomo rimase fermo, le mani che si stringevano e

allentavano sui fianchi, poi si diresse verso l'uscita, praticamente correndo.

Petrosky lottò contro l'impulso di correre dietro all'uomo e prenderlo a calci fino a farlo confessare qualunque cosa sapesse. *No, non ora. Riprenditi.* Ma cazzo, poteva quasi assaporarlo, poteva quasi sentire l'odore ferroso del sangue dell'uomo, poteva quasi percepire la mascella di Gene che si rompeva sotto le sue nocche, sentire l'impatto come legna che scoppietta. Ma Gene non era quello che doveva ferire. Se Petrosky avesse trovato l'uomo responsabile della morte di Heather... che Dio li aiutasse entrambi.

CAPITOLO 17

Cosa stai facendo, Petrosky?

Si agitò sul sedile della sua Grand Am e fissò il rifugio per senzatetto, l'edificio di cemento scuro sotto il cielo plumbeo, la luce del lampione lucida contro la pelle di neve grigia sporca sul tetto. Avrebbe dovuto andare a casa a riposarsi dopo che Gene Carr aveva lasciato la stazione, ma l'adrenalina gli scorreva nel sangue, così elettrica che il pensiero di dormire gli faceva venir voglia di uscire dalla propria pelle. Avrebbe potuto andare in banca a cercare nuove piste su Messinger, ma poi avrebbe dovuto spiegarlo una volta che Mueller lo avesse scoperto. Che gli piacesse o no, per quanto riguardava i piani alti, questo non era il suo caso - doveva giocare in modo freddo o almeno silenzioso.

Così, invece, aveva timbrato l'uscita e guidato fino a casa di Gene, girando intorno all'isolato dell'uomo, cercando qualcosa di insolito - *un pickup, forse?* - inventandosi scuse nella sua testa nel caso qualcuno lo avesse beccato. Rubare l'indirizzo di Gene dal fascicolo di Mueller sarebbe stato sicuramente disapprovato. Petrosky non credeva che Gene avesse qualcosa a che fare con la morte di Heather, ma l'uomo era stato troppo nervoso per essere completamente all'oscuro - sapeva qualcosa? Qualcuno al rifugio doveva saperlo. Ecco perché Petrosky aveva seguito Gene al rifugio per il suo turno di notte, ed ecco perché era ancora seduto qui tre ore dopo.

Mueller avrebbe dovuto essere qui di persona, a sorvegliare questo posto. Marius Brown aveva alloggiato qui. Heather aveva fatto volontariato qui. E qualcuno aveva cercato Heather dal telefono pubblico davanti a questo edificio il giorno in cui era morta. Chiaramente, il rifugio era un collegamento comune, e Petrosky avrebbe scoperto esattamente cosa significasse quella connessione. Otis Messinger aveva una relazione con il rifugio? Messinger non lo possedeva - il rifugio era un'organizzazione noprofit finanziata dal governo gestita da un'agenzia locale per la salute mentale - ma c'erano molti clienti, molti volontari... e molti modi per un uomo di intrufolarsi inosservato. La facciata grigia del rifugio brillava come un faro.

Non fare lo stronzo sospetto, perderai il distintivo. Le parole di Patrick gli echeggiavano nella testa. Per un tipo che era stato così entusiasta di irrompere nell'archivio, aveva certamente cambiato tono una volta che avevano effettivamente attirato l'attenzione di Mueller. Ma Petrosky non era nel mirino di Mueller adesso, non qui nascosto nel buio pesto in fondo a questo parcheggio, ben oltre la portata dell'unico lampione.

Strizzò gli occhi nello specchietto retrovisore verso il telefono pubblico dall'altra parte della strada e diede un morso al suo cheeseburger - ormai mollicchio. Non era mai stato un fan del cibo fast food, ma dannazione se non tornava utile per stare seduti in un parcheggio tutta la notte.

Dopo che il cibo fu finito, il posacenere si riempì lentamente. Il suo stomaco si inacidì con grasso e zucchero. Le tre passarono. Le quattro. Si appoggiò contro il poggiatesta, sorseggiando caffè freddo da un thermos che aveva portato da casa.

Alle quattro e mezza, un'altra auto apparve sulla strada - no, non un'auto. Più grande. Si rannicchiò sul sedile quando i fari di passaggio illuminarono l'interno della sua auto... no, non di passaggio. Stavano svoltando nel parcheggio.

Scivolò più in basso, sbirciando attraverso lo specchietto laterale mentre il veicolo passava accanto alla sua auto - un furgone, bianco, senza finestrini. Un adesivo sul paraurti con la scritta "FOOD GIFTS" era attaccato sul lato.

FOOD GIFTS. Era una di quelle organizzazioni che fornivano cibo ai rifugi? Il furgone parcheggiò davanti all'edificio. L'autista scese.

REGALI ALIMENTARI. Qualcosa gli formicolò tra le scapole, e lui sobbalzò in avanti, per poco non sbattendo la testa contro il volante. L'adesivo sul paraurti, mezzo strappato dal lato del pickup-*OD...FTS...*

Il battito del cuore gli pulsava nelle tempie. Petrosky aveva giocato con le lettere di quell'adesivo per giorni dopo la morte di Heather, disperato di saperne il significato. E mentre aveva passato in rassegna i nomi delle attività commerciali nelle vicinanze, non aveva considerato le organizzazioni benefiche, non aveva pensato alle opere di carità. Avrebbe dovuto farlo. Avrebbe dovuto fare molte cose.

Ma alcune di quelle cose poteva farle adesso.

Controllò l'ora: mancavano ancora due ore alla fine del turno di Gene. Petrosky osservò, sorseggiando il suo caffè freddo, con il cuore che gli batteva forte, mentre l'autista del furgone scaricava delle casse. Quando l'uomo tornò al volante, Petrosky schiacciò il mozzicone della sua sigaretta nel posacenere. Il furgone si immise sulla strada principale. Petrosky avviò la sua auto.

CAPITOLO 18

La sede di Food Gifts si trovava a dieci miglia fuori Ash Park, su una strada con buche così profonde da poter spaccare gli assali. Petrosky seguì con cautela, mantenendo una buona distanza dal furgone, e superò il vialetto quando questo svoltò nel parcheggio di un magazzino.

Fece un'inversione a U qualche centinaio di metri oltre l'edificio, poi tornò indietro nel parcheggio e si fermò accanto a una Mustang rosso ciliegia. Bella. Forse troppo bella per i dipendenti di una banca alimentare, ma cosa ne sapeva lui? Era solo un poliziotto, ma si sarebbe dannato piuttosto che chiamare Mueller. Chissà cosa si sarebbe perso mentre Mueller si dava da fare per arrivare lì? E Petrosky non aveva bisogno che il capo gli stesse addosso.

Il vento gli mordeva la pelle mentre scendeva dall'auto, graffiando il suo viso non rasato - con i capelli spettinati e i pantaloni della tuta che aveva indossato per stare in macchina tutta la notte, probabilmente sembrava qualcuno in cerca di cibo. Tanto meglio. Si fermò sul marciapiede davanti all'edificio mentre un uomo in salopette di jeans e una giacca a vento troppo leggera per il vento gelido entrava dalla porta laterale. Petrosky lo seguì, a testa bassa.

L'interno di Food Gifts era un'unica enorme stanza, come il rifugio, ma qui ospitavano provviste invece di persone. Scaffalature dal pavimento al soffitto rivestivano ciascuna delle quattro pareti, e un transpallet era posizionato vicino al centro. C'era anche un tavolo sul retro, e quattro dipendenti che poteva vedere, tutti in felpa e jeans e berretti di lana.

«Posso aiutarla?»

Petrosky si voltò per vedere una donna bassa e snella che si avvicinava - diciotto anni al massimo, con un anello al sopracciglio e un grosso elastico giallo al polso. Aveva i capelli scuri e gli occhi chiari come Heather. «Sono del Dipartimento di Polizia di Ash Park. Avrei solo alcune domande sulla vostra organizzazione. Come ti chiami?»

Lei si fermò a pochi passi di distanza. «Shandi Lombardi.»

«Lombardi? Italiana?» Cercò di sorridere - se l'avesse messa a suo agio, sarebbe stata più propensa a parlare con lui.

«Qualcosa del genere.» Batteva il piede, infilato in una minuscola scarpa da ginnastica verde che sembrava appartenere a una bambola.

Basta cazzate, Cristo santo. Mueller di certo non era stato gentile durante l'interrogatorio di Gene Carr, e il detective era addestrato per questo. Petrosky si schiarì la gola. «Conoscevi Marius Brown?»

Gli occhi della ragazza si spalancarono, poi si strinsero, e la sua guancia ebbe un tic. I suoi sensi si allertarono.

«Dovrei sapere chi è?»

Sta mentendo. Non era sicuro di come lo sapesse, ma ne era certo - lo sentiva nel profondo come schegge di shrapnel. «Marius Brown era un frequentatore abituale del rifugio su Breveport, quindi alcuni dei lavoratori pensavano che la vostra organizzazione potesse aver avuto contatti con lui. Abbiamo anche motivo di credere che un camion guidato da Marius fosse affiliato a Food Gifts.»

«Intendi un furgone?»

«No. Un pickup blu. Con uno dei vostri adesivi sul lato.»

Lei socchiuse gli occhi. «Non abbiamo camion qui, solo furgoni. Ma chiunque faccia una donazione superiore a venticinque dollari riceve un adesivo.» Inclinò la testa. «Perché sta cercando questo tizio comunque?»

«È morto.»

Il suo piede batteva freneticamente sul pavimento di cemento, ma la sua espressione non cambiò. Forse nervosa, anche se non turbata per Brown. Ricordava a Petrosky un soldato del suo plotone - si erano svegliati e l'avevano trovato mentre torturava un cammello, strofinandogli sale negli occhi, con le povere zampe dell'animale tagliate all'altezza del ginocchio. Oh, come aveva urlato. Petrosky gli aveva sparato in testa. Era stato uno degli unici omicidi che non gli aveva tolto il sonno la notte.

«Può chiedere in giro, ma non sono sicura che qualcun altro possa dirle di più, agente Petrosky.»

Lui si bloccò. «Non ricordo di averle detto il mio nome.»

«Devo averlo indovinato.» Ma abbassò lo sguardo come se si vergognasse, e ora lui poteva vedere il tremore delle sue mani, la vena che pulsava sul collo. Stava mentendo, ma era terrorizzata. E il fatto che conoscesse il suo nome gli diceva più di qualsiasi altra cosa avesse detto - sapeva chi fosse lui... chi fosse Heather. Conosceva l'assassino di Heather, o Otis Messinger, o la persona che era entrata in casa sua? Aveva bisogno anche lei del suo aiuto? *Cosa sai?*

«Senti, sembri una brava ragazza.»

Lei alzò il mento, e un angolo della sua bocca si contrasse - *come Heather, come Heather* - ma i suoi occhi sfidanti rimasero gli stessi: pozze blu, abbastanza profonde da affogarlo.

«Se qualcuno ti sta facendo del male, ti sta mettendo a disagio... posso aiutarti.»

«Sto bene.» Ma la cupa determinazione nel suo sguardo era scomparsa, sostituita da un panico a malapena velato.

«Sono sicuro che stai bene. Ma vedi, stamattina stavo parlando con Gene e...»

«Cosa c'entra lui con tutto questo?» scattò lei.

Avevo ragione. «Non ne sono ancora sicuro, ma Gene sembrava piuttosto nervoso, proprio come te, e mi piacerebbe sapere perché.»

I muscoli della sua mascella si irrigidirono. «Non ho idea di cosa stia parlando.» Il suo sguardo si era addolcito, ansia e confusione, non come l'uccisore di cammelli - gli occhi di quel tizio erano stati freddi come la pietra.

«Conoscevi Heather Ainsley?»

Strinse le labbra così forte da formare una sottile linea bianca. Due macchie cremisi le apparvero sugli zigomi. Si prendono più mosche con il miele? Col cavolo. Si prendono più mosche dando loro merda, anche se la stai tirando fuori direttamente dal tuo culo.

Si sporse in avanti. «Anche lei è morta, Shandi. Proprio come Marius Brown. E se pensi di essere più al sicuro di quanto lo fosse lei, o sei un'idiota o una bugiarda. O entrambe le cose.»

La sua mascella cadde, gli occhi spalancati. «Vaffanculo», sibilò.

Shandi sapeva più di quanto dicesse. Anche Gene. Che tipo di controllo aveva questo bastardo su di loro? «Penso che tu e Marius lavoriate per lo stesso uomo, l'uomo per cui lavorava Heather Ainsley. Ho bisogno di sapere chi è». La osservò attentamente, ma le sue labbra erano di nuovo serrate, il petto si alzava e si abbassava freneticamente: stava iperventilando. Sarebbe svenuta se non faceva attenzione.

Chi ti tiene sotto controllo, ragazzina?

Shandi abbassò lo sguardo, i pugni stretti. Quando rialzò la testa, il suo respiro si era regolarizzato. «Hai capito tutto male». Ma la voce non era la sua, era il ronzio di un robot: qualcosa che aveva provato? Fece un gesto indicando il banco alimentare intorno a lei. «Lavoro qui, non per qualche persona misteriosa. E qualcuno di noi sembra davvero pericoloso? Come persone che potrebbero far del male a Marius o Heather?» Lasciò cadere le mani e scosse la testa. «Certo che no. Il nostro lavoro è alleviare la sofferenza».

Il nostro lavoro è alleviare la sofferenza. Il suo stomaco si contorse. *Il mio lavoro è alleviare la sofferenza.* Oh merda. Quelle parole... sapeva dove le aveva sentite.

«Se ti ricordi qualcosa su Marius... magari chiama il commissariato», disse lentamente.

Lei annuì. «Certo». Ma stava mentendo anche su questo; questa ragazza sapeva più di quanto gli avrebbe mai detto, ma lui non aveva bisogno di lei. Sapeva già chi era il loro assassino. Aveva solo bisogno di prove, e ora sapeva dove poteva trovarle.

CAPITOLO 19

I lampioni sfrecciavano ai lati dell'auto, le luci si fondevano in un'unica linea bianca. La svolta per il distretto apparve, si avvicinò e passò. Avrebbe chiamato Mueller tra qualche ora, ma non stava cambiando rotta adesso per permettere a qualcun altro di subentrare e rovinare tutto. Sperava che più tardi avrebbe avuto qualcosa di più solido di un presentimento.

Perché qualcuno dovrebbe fare le cose secondo le regole? Era poco pratico, ecco cos'era. Ma doveva comunque stare attento; se avesse gestito male la situazione, l'assassino di Heather sarebbe rimasto libero.

Petrosky parcheggiò lungo la strada che portava a St. Ignatius, e mentre camminava, la chiesa emerse come un miraggio nel mare di bianco, le vetrate colorate brillavano della luce tremolante delle candele dall'altro lato del vetro. Il cielo a est era ancora nero, anche se una linea viola - *non viola, indaco*, sussurrò la voce di Heather - era visibile all'orizzonte. Presto sarebbe stato mattino. E anche a quest'ora, Padre Norman sarebbe stato da qualche parte nell'edificio, in attesa che uno dei suoi parrocchiani lo cercasse, così da poter offrire parole di saggezza e la gentile stretta di una mano sacerdotale destinata a trasmettere il conforto di Dio.

Ma Padre Norman non era un dio.

Padre Norman era un uomo con un legame con il rifugio per senzatetto e la sua infinita riserva di persone vulnerabili. Padre Norman accettava manciate di contanti da uomini come Donald pur sapendo che avevano a malapena abbastanza per tirare avanti. Era un uomo il cui compito era alleviare la sofferenza, per sua stessa ammissione, eppure i suoi seguaci più devoti sembravano soffrire più degli altri. Heather certamente lo aveva fatto. E che persona migliore per una ragazza disperata di quindici anni a cui aggrapparsi se non il gentile sacerdote? Heather non sarebbe stata in grado di nascondergli il loro fidanzamento - potrebbe essere il motivo per cui non voleva che suo padre sapesse che stava frequentando Petrosky. Si era preoccupata che Donald, con le sue confessioni bisettimanali, potesse farselo sfuggire.

Potrebbe essere un'idea folle. Era pronto a essere smentito. Diavolo, *voleva* sbagliarsi - non voleva che questa fosse colpa sua. Ma chi altro conosceva Heather, con chi altro interagiva veramente? I suoi compagni volontari dicevano che raramente parlava con qualcuno oltre a Gene. Eppure nessuno avrebbe pensato due volte al fatto che comunicasse con il sacerdote.

Come se il suo misterioso benefattore si presentasse apertamente. Ma...

Il mio compito è alleviare la sofferenza.

Si avvicinò furtivamente al marciapiede, ma invece di salire i gradini di pietra, seguì il sentiero che girava intorno al fianco della chiesa. Tre fontane per uccelli in pietra costeggiavano il lato destro del vialetto che conduceva al parcheggio sul retro; alla sua sinistra, una fila di arbusti sempreverdi se ne stava lì, incrostata di neve e ghiaccio. Nessuna luce qui dietro. Solo ombre scure, così fitte da soffocare.

All'angolo posteriore della chiesa, uscì dal sentiero ombreggiato ed entrò nel parcheggio, scrutando la fila di auto, camion e furgoni che il prete prestava a coloro che distribuivano beni, o per le gite della scuola domenicale, o per il parrocchiano occasionale che aveva solo bisogno di aiuto per arrivare al lavoro. Anche qui era buio, ma non così tanto da non poter distinguere i colori dei veicoli. Niente blu scuro o nero - l'unico camion qui dietro era bianco, praticamente luminoso nella nebbiosa luce lunare che si rifletteva sulla neve.

Ma non era questo ad attirare la sua attenzione. Lanciò un'occhiata all'edificio mastodontico alle sue spalle, quasi aspettandosi di vedere una figura emergere dalle ombre, pistola alzata, ma il parcheggio rimase immobile. Silenzioso. Si voltò di nuovo verso il camion. Venti piedi di distanza. Quindici.

Sopra la ruota posteriore del camion c'era un adesivo bianco, brillante al chiaro di luna, con lettere nere in grande risalto sulla superficie dell'adesivo: REGALI ALIMENTARI. In fondo alla fila, un furgone aveva lo stesso adesivo. L'assassino potrebbe aver cercato di staccarlo dal suo veicolo, ma il pickup probabilmente proveniva da questo parcheggio. E Padre Norman avrebbe potuto camminare fino al negozio di elettrodomestici da qui ieri mattina - semplicemente passeggiare, aspettare che Brown uscisse e spargli al petto. L'uomo aveva esperienza in questo senso; un soldato diventato prete. Era uno dei motivi per cui Donald si fidava così implicitamente di lui - il suo servizio. La sua capacità di maneggiare un'arma letale.

Merda. *Avrei dovuto pensarci prima.*

Petrosky si affrettò ad attraversare il parcheggio e si rifugiò nelle ombre lungo il fianco della chiesa, con la mascella così tesa che poteva sentire i denti digrignare. Le sue unghie gli si conficcarono nei palmi. Salì i gradini di pietra.

Mantieni la calma. Pazienza.

Petrosky fece un respiro profondo e spalancò la pesante porta di quercia, e all'interno...

Silenzio. Si diresse verso i confessionali, chiamando il nome del prete, ma Padre Norman non era nel cupo interno delle cabine - non che se lo aspettasse nelle ore prima dell'alba. Petrosky lasciò cadere la porta del confessionale e si avviò lungo la navata, i suoi passi echeggiavano intorno a lui come la voce di Dio che lo esortava ad andarsene a casa una volta per tutte. A lasciar perdere. A dimenticare, a ignorare, a nascondere tutto in un posto dove non avrebbe fatto male, ma nonostante il dolore, nonostante la sua stanchezza, si sentiva più vivo di quanto non lo fosse stato da mesi.

Cosa cazzo vuoi essere, ragazzo?

Voglio uccidere qualcuno, signore. Questo avrebbe fatto cessare il dolore? Forse. Non era ancora sicuro di avere l'uomo giusto, ma lo sarebbe stato.

Il suono del suo respiro era tagliente, i colori più vividi di quanto ricordasse. Intorno a lui, i suoi passi continuavano come se appartenessero a un altro, e il suo cuore... Petrosky lasciò che il fuoco nella sua anima divampasse fino a fargli bruciare il petto, oscurando i bordi della sua visione, con il sapore metallico acido in gola.

Su e intorno al pulpito. Giù per la navata fino al corridoio posteriore di nuovo. Il sudore gli colava tra le scapole. Le porte dell'ufficio erano chiuse, a chiave. Ma Norman doveva essere lì da qualche parte.

Forse stava dormendo, anche se Petrosky non era sicuro di dove si trovassero gli alloggi del sacerdote.

Così avrebbe fatto venire Norman da lui.

Si diresse di nuovo nella chiesa principale e attraversò la navata fino alla seconda fila di banchi, osservando l'enorme Cristo sofferente sopra di lui. Dolore infinito. Appropriato. Se avesse avuto ragione su questo, avrebbe inflitto a Padre Norman un dolore infinito, a quel miserabile bastardo. Inspirò profondamente e per un secondo, giurò di sentire il grit sabbioso e polveroso nelle narici.

Petrosky scivolò nel banco, s'inginocchiò e chiuse gli occhi. Aveva appena fatto un respiro quando l'immagine del viso insanguinato di Heather gli si impresse nel cervello, facendogli venir voglia di aprire nuovamente le palpebre, di fissare le vetrate colorate, le statue, le candele, qualsiasi cosa per distrarsi da quella visione macabra. Ma aveva bisogno che Norman credesse che stesse pregando, e non pensava che le persone pregassero con gli occhi aperti. Serrò le palpebre. Il profumo di Heather gli rimase nelle narici. E c'era il suo viso la notte in cui morì, i capelli che una volta le aveva scostato dalla tempia, e poi il suo sangue, che gli copriva le mani, la neve tinta di rosa... sabbia nel naso, il suo amico fatto a pezzi, il bagliore del deserto... Le dita di Petrosky formicolavano, e poteva sentire l'umidità, il pasticcio viscido che gli scivolava sui palmi.

«Ed?»

I suoi occhi si spalancarono di colpo, e scattò in piedi, stordito dal sangue che gli affluiva alla testa.

«No, no, Ed. Non c'è bisogno di alzarsi». Norman gli mise una mano sulla spalla, e insieme si sedettero nel banco. Gli occhi di Norman erano dolci, tristi alla luce tremolante delle candele, e le cavità scure sotto sembravano essersi allungate dal giorno in cui avevano ritirato l'urna di Heather.

Senso di colpa? Dolore? Un uomo geloso avrebbe un debole per la sua... vittima. La schiena di Petrosky si irrigidì, la pelle che bruciava dove Norman l'aveva toccato, anche se cercò di mantenere una postura rilassata. Il bastardo probabilmente era solo preoccupato di essere scoperto.

«Cosa ti porta qui, Ed?»

«Ho ricevuto delle notizie sul caso di Heather. Avevo bisogno di un posto per elaborarle». La bugia gli uscì con troppa facilità.

«Capisco». Petrosky cercò di incrociare lo sguardo dell'uomo, ma Norman scosse la testa, abbassando gli occhi verso il pavimento. «La casa di Dio è il posto giusto per queste preoccupazioni».

«La casa di Dio e la mia». Quando Norman inarcò le sopracciglia, Petrosky concluse: «L'uomo che ha ucciso Heather aveva un complice, che aspettava nel furgone la notte in cui Heather è morta. Ha sparato al mio partner. Ecco perché sono qui».

«Hai visto questa persona?»

I peli sulla nuca gli si rizzarono. No, Petrosky non l'aveva vista: l'uomo indossava un passamontagna. E il modo in cui la fronte del prete si era rilassata gli fece capire che Padre Norman lo sapeva già.

«Non ho visto il suo volto, ma credo di sapere chi fosse. Sto solo cercando di decidere cosa fare al riguardo».

Padre Norman si appoggiò allo schienale del banco, e Petrosky allungò il collo per tenere d'occhio l'uomo. «Capisco», disse il prete con voce sommessa. «Come posso aiutarti?» Le borse sotto i suoi occhi sembravano scurirsi ancora di più. E le mani di Norman tremavano visibilmente.

«Non c'è nulla che tu possa fare, Padre. Pensavo solo che avresti voluto saperlo».

La mano di Norman si posò di nuovo sulla spalla di Petrosky, e lui resistette all'impulso di scuoterla via. «Ti ringrazio, figliolo. E se c'è un modo in cui posso aiutarti ora, magari accogliendo la tua confessione...»

Come se entrassi in un confessionale buio con te. Era lì che l'idea aveva preso forma? Il prete che osservava attraverso la grata di legno del confessionale mentre Donald riversava i suoi segreti, purgando il suo dolore per non essere in grado di provvedere a sua figlia? Quanto tempo era passato prima che Norman avesse fatto quella proposta a Heather?

Petrosky non ne aveva idea. Perché Norman era un custode di segreti. Come tutti i preti.

«Ho solo bisogno di sedermi un po', di stare in questo luogo che Heather amava tanto. Va bene?»

Norman annuì, lo sguardo fisso sulle sue mani tremanti. «Resta pure quanto vuoi». Poi si avviò lungo la navata verso il corridoio posteriore e scomparve oltre la navata, camminando più velocemente del solito, pensò Petrosky. *Sta andando a prendere un'arma.*

In lontananza, una porta si aprì, poi si richiuse. Norman era nel suo ufficio. Petrosky si alzò e si diresse a grandi passi verso l'uscita, ma si fermò all'interno degli enormi portoni di quercia. Si tolse le scarpe e se le mise sotto il braccio, poi aprì con forza la porta d'ingresso, aspettando di assicurarsi che le molle la richiudessero, prima di procedere silenziosamente verso l'angolo più remoto della chiesa, dove le luci del soffitto non arrivavano. Scivolò sotto l'ultimo banco sulla pancia, strisciando come se fosse sulla sabbia, come se fosse di nuovo nel deserto con Joey, inalando polvere da sparo, ascoltando i rapidi scoppi di colpi di arma da fuoco - poteva quasi sentire il sapore della terra tra i denti. La porta d'ingresso si chiuse con un tonfo, segnando la sua presunta partenza.

Non era sicuro di cosa stesse aspettando... ma il suo istinto gli diceva di rimanere. Di osservare. Il prete aveva detto a Petrosky: «Rimani quanto vuoi», che era un consenso all'ingresso come un vampiro che poteva prenderti solo dopo che gli avevi esteso l'invito. Ora poteva incastrare il bastardo in base a qualsiasi cosa avesse visto qui, e sarebbe stato tutto secondo le regole - il modo più rapido per buttare via i propri diritti era invitare i poliziotti dentro. E se Norman avesse pensato che Petrosky lo sospettava, avrebbe cercato di sistemare le cose, magari facendo una o due telefonate, e Petrosky avrebbe potuto recuperare quei numeri dalla compagnia telefonica in seguito. Se Norman fosse uscito, Petrosky l'avrebbe seguito. Se si fosse incontrato con qualcuno, avesse chiamato qualche ragazzina per placare la sua agitazione, per alleviare il suo stress, Petrosky l'avrebbe visto. Oppure Norman avrebbe chiamato rinforzi, un altro complice come Brown, per andare dietro a Petrosky stesso. Quale posto migliore di queste sacre sale per tramare un omicidio?

Passarono i minuti, anche se Petrosky non era certo di quanti. Le costole gli dolevano per la pressione contro il pavimento di legno. Una corrente d'aria stantia gli sfiorò il viso. Lasciò che il suo corpo si immergesse nel momento, gli occhi aperti verso gli acari della polvere, e ascoltò, sperando di sentire il suono di passi in avvicinamento da qualche altra parte nell'edificio, ma il silenzio lo avvolgeva come un mantello, solo il vento contro le travi metteva alla prova i limiti del silenzio nebuloso che si era insediato nelle sue ossa.

Il legno premeva più forte contro la sua pancia. Fissò lo sguardo lungo la fila verso la navata, concentrandosi sul... vuoto. *Vuoto.* Il dolore alla schiena si intensificò, poi si attenuò. *Vuoto*. Il mento si raffreddò contro il legno. *Vuoto. Vuoto. Vuoto.*

Aveva appena chiuso gli occhi quando un lontano rombo lo fece sollevare la testa dal pavimento. Tese le orecchie, ma il suono non si ripeté. Se l'era immaginato?

No, c'era un altro rumore - un *tump* come una portiera d'auto che si chiudeva, e sebbene la neve avrebbe dovuto soffocare il suono, risuonò come una piccola esplosione attraverso l'edificio.

Scriiic. La porta d'ingresso si aprì cigolando, poi si richiuse con un tonfo. La visuale di Petrosky era bloccata dai pilastri ai lati della navata - dovette aspettare che il nuovo arrivato si addentrasse di più nella chiesa prima di poterne vedere i piedi muoversi lungo la fila di banchi. Dal corridoio sul retro giunse un altro *tonfo* - la porta dell'ufficio di Padre Norman - seguito dal suono delle scarpe del prete che *tic-taccavano* lungo la navata. Norman si fermò come sorpreso di vedere il suo ospite. Poi riprese a scendere lungo la navata.

I muscoli di Petrosky si tesero. *Aspetta. Ascolta*. Doveva cogliere Norman sul fatto - aveva bisogno di sentirli dire qualcosa di incriminante. Anche allora, sarebbe stata la sua parola contro quella del prete.

Poi la persona vicino alla porta si mosse, superando esitante i pilastri ed entrando nel campo visivo di Petrosky: le minuscole scarpe da ginnastica verdi di Shandi, i suoi passi incerti l'equivalente su gomma e legno di un pianto. Ma il prete avanzava lungo la navata con l'andatura dura, rapida e risoluta di qualcuno con una missione. Più vicino, più vicino, oltre Shandi, fuori dalla vista di Petrosky. *Oh merda*. Norman sospettava che si nascondesse qui sotto? Il prete stava venendo ora per sparargli alla nuca? Ma poi Petrosky udì un *clac* - il chiavistello delle porte d'ingresso. Norman li aveva chiusi dentro.

Altri passi. I peli di Petrosky si rizzarono, i pugni si serrarono, ma il prete non stava venendo verso di lui - Norman si stava dirigendo verso l'estremità opposta della navata dove si trovavano i confessionali. Un'altra porta cigolò, così all'improvviso e fastidiosamente che Petrosky trasalì, e la porta del confessionale sbatté.

Ascolta il tuo istinto, avrebbe detto Patrick. *Quel Norman è un tipo losco.* Un individuo sospetto.

E l'istinto di Petrosky gli diceva che quella ragazza non era lì per confessare un bel niente. Poteva essere solo un poliziotto, ma non era un idiota.

Petrosky si alzò dallo spazio sotto il banco e indietreggiò nell'ombra, scrutando la chiesa in cerca di altri segni di vita. Vide solo il dolce tremolio delle candele. Un mormorio appena percettibile proveniva dal lato opposto della stanza.

Petrosky si avvicinò furtivamente alla porta del confessionale, il fruscio dei suoi calzini sul legno inquietante come lo *sss sss* strisciante di un serpente. Ma oggi non ci sarebbero stati alberi proibiti o mele rubate. Solo giustizia. La porta del confessionale era fredda al tatto. Vi accostò l'orecchio e il suono soffocato di singhiozzi filtrò attraverso il legno.

«Ho paura che lui lo sappia». Shandi. Norman stava usando anche lei? La pagava per... cosa? Favori sessuali? Ecco perché Heather non aveva negato di essere una prostituta; si era sicuramente sentita tale.

«Cosa te lo fa pensare?» chiese Norman.

«Era lì, al magazzino, e-»

«Figlia mia, ciò che ti ho chiesto di fare potrebbe non essere stato ortodosso, ma non c'è nulla di cui vergognarsi.»

Nulla di cui vergognarsi? Norman si sarebbe beccato un pugno in faccia se avesse provato a spacciare la prostituzione, la droga o l'omicidio come "un po' poco ortodosso".

«Ma lui sa di Heather!»

«Non hai segreti, figlia mia.»

Se Norman avesse ordinato l'esecuzione di Heather e ucciso Marius Brown, avrebbe avuto più di semplici segreti di cui preoccuparsi.

La voce di Shandi si trasformò in singhiozzi disperati. «Io... non so ancora nemmeno perché dovessi sorvegliarla! E ora è morta, è... Non posso...» Stava ansimando ora, boccheggiando.

Petrosky strinse gli occhi. *Aspetta, cosa? Sorvegliarla?* Se Norman aveva detto a Shandi di pedinare Heather, di avvisarlo quando sarebbe stata sola, allora Shandi era complice. Non c'era da stupirsi che non avesse voluto dirgli nulla.

«Lo so, figlia mia. Il dolore è una cosa terribile-»

«Sa chi le ha fatto del male? Faranno del male anche a me?»

«Figlia mia, sai che non posso-»

«Col cavolo che non puoi!» Un tonfo risuonò dall'interno del confessionale come se avesse sbattuto il pugno contro la panca di legno. «Sapevi che era in pericolo, ecco perché volevi che la sorvegliassi!»

Era vero? No, Norman aveva voluto che Shandi sorvegliasse Heather per poterla aggredire.

«Io... non so proprio cosa fare», sussurrò. Un fruscio, come se si stesse alzando, e Petrosky indietreggiò, cercando un posto dove nascondersi. Dieci passi fino ai banchi, ma non avrebbe mai fatto in tempo ad arrivare in fondo. Solo cinque passi fino al corridoio.

Si precipitò verso l'ufficio di Norman, aspettandosi di sentire lo scricchiolio e lo sbattere della porta del confessionale, Norman che lo chiamava per nome, il *tac tac* di passi all'inseguimento, ma nessun rumore proveniva dalla navata mentre si infilava nel corridoio e percorreva la dozzina di passi verso gli uffici. Si fermò alla porta accanto a quella di Norman: chiusa a chiave. Ma dalla fessura sotto la porta dell'ufficio di Padre Norman filtrava la luce di una lampada.

Click. La porta si aprì. Petrosky si fermò sulla soglia, di nuovo in ascolto di movimenti provenienti dalla parte anteriore della chiesa, ma apparentemente Norman aveva convinto Shandi a rimanere, e non l'avrebbe uccisa qui. Era troppo intelligente per questo. Sapeva come assicurarsi che nulla lo incriminasse. Ecco perché aveva assunto Brown e creato il famigerato Otis Messinger.

E poche parole sussurrate da una ragazza che chiaramente non conosceva i segreti oscuri del suo capo non erano sufficienti per accusare Norman di omicidio. Petrosky aveva bisogno di più. Voleva che quel bastardo sparisse per sempre... se non l'avesse fatto fuori lui stesso prima. Dietro la scrivania, la finestra ardeva, il vetro sottilmente arancione per l'alba imminente.

Petrosky sporse la testa fuori dalla porta e ascoltò, e quando nessun rumore provenne dalla chiesa, chiuse delicatamente la porta e corse verso il cassetto superiore della scrivania, lasciando cadere le scarpe. Matite e monete, per lo più - spinse da parte un rosario, sollevò un blocco di post-it. Il secondo cassetto conteneva più o meno le stesse cose. Si voltò dalla scrivania verso l'archivio a due cassetti nell'angolo in fondo alla stanza e si accovacciò davanti ad esso - chiuso a chiave. Il coltellino svizzero che aveva sottratto all'impiegato dell'archivio del distretto fece un rapido lavoro con il chiavistello. Meno male che l'aveva tenuto - quella cosa si stava rivelando utile.

Tirò aperto il cassetto inferiore, e un vivace *tintinnio* risuonò nell'aria. Petrosky si fermò, in ascolto di chiunque potesse sorprenderlo, e quando tutto rimase silenzioso, sbirciò dentro e trovò una bottiglia di gin economico mezza vuota incastrata accanto a una piccola pila di cartelle sospese. Tirò fuori la bottiglia insieme ai fascicoli e sfogliò le cartelle. Liste di volontari. Versetti della Bibbia, sermoni scritti a metà. Vecchi calendari con le date di battesimi e funerali.

Petrosky si spostò indietro sui talloni e si bloccò lì, lo sguardo fisso sulla scrivania. L'apertura per la sedia era normale, ma i lati dove andavano i cassetti sembravano... sbagliati. Socchiuse gli occhi. Sì, i cassetti su un lato arrivavano più in basso dell'altro, come se il cassetto inferiore della scrivania sul lato destro fosse più profondo. Sicuramente la scrivania non era stata fatta così. E mentre si avvicinava strisciando, riuscì a distinguere una minuscola fessura, circa dove avrebbe dovuto terminare il cassetto, con il legno sottostante di una tonalità leggermente diversa da quella del cassetto sopra. Passò le dita lungo il lato del cassetto - liscio fino a raggiungere la fessura. Qualcuno aveva incollato una scatola sotto la scrivania. Allungò la mano sotto -

Eccolo.

Un minuscolo incavo a mezzaluna sul fondo. Vi infilò il dito e tirò, e un sottile pannello di legno scivolò indietro, un leggero *tonfo* interrompendo il sibilo frenetico del suo respiro - qualcosa era caduto fuori. Un libretto degli assegni giaceva aperto sul tappeto, due nomi sul conto: Heather Ainsley e Otis Messinger. E ora gli scarabocchi a lettere bombate che Heather aveva disegnato sul retro dei suoi fascicoli a casa avevano ancora più senso. Big Daddy. Chi meglio di *Padre* Norman poteva essere "Big Daddy"?

«Maledizione. Tu figlio di -»

«Ti chiedo di non nominare il nome del Signore invano qui, figlio mio.»

Petrosky scattò in piedi di colpo, mancando per un pelo di sbattere la fronte contro la scrivania mentre si alzava, armeggiando per estrarre la pistola dalla fondina e prendendo la mira.

Norman stava sulla soglia con la ragazza davanti a sé come uno scudo umano, le mani sulle esili spalle di Shandi, il corpo di lei tremante, gli occhi bassi rivolti verso le sue minuscole scarpe da ginnastica verdi.

CAPITOLO 20

Norman era inespressivo, ma quando la ragazza alzò la testa, il suo viso era fin troppo facile da leggere: Shandi era terrorizzata. Petrosky socchiuse gli occhi. Norman sembrava disarmato, ma ciò non significava che il tipo non potesse spezzarle il collo da uccellino con una sola mossa, come alcuni dei commilitoni di Petrosky avevano fatto durante la guerra.

«Abbassa la pistola, Ed».

L'occhio destro di Petrosky ebbe un tic. La ragazza iniziò a piangere.

«Lasciala andare, Norman».

Gli occhi di Norman si spalancarono. «È qui di sua spontanea volontà». Alzò le mani, ma Shandi rimase dov'era, indietreggiando fino a quando le sue spalle toccarono il petto del prete.

«Ci ucciderai?» sussurrò, con la voce tremante. «Ti prego, non ucciderci».

Petrosky teneva la pistola puntata sul viso di Norman, ma la sua mente correva. *Questa ragazza ha paura... di me?*

È una trappola.

Ti ucciderà non appena abbasserai la guardia.

Ma quel viso della ragazza, rigato di lacrime... Norman non aveva un'arma, e non c'erano tasche visibili nella tunica del prete. Abbassò la pistola ma tenne il dito sul grilletto.

«Sembra che dobbiamo fare due chiacchiere, Ed». La voce del prete era melliflua come sempre, ma ora Petrosky poteva sentire il timbro manipolativo, il tipo di voce studiata per incoraggiare la placidità in chi ti circonda. Per poterli controllare.

Strinse la presa sull'arma.

«Shandi, vai pure fuori» disse Norman dolcemente. «Questa è solo una conversazione tra amici».

Petrosky quasi disse: «Non sei tu che comandi qui, Norman», ma non voleva Shandi lì più di quanto la volesse Norman.

La ragazza esitò, fissando prima lui, poi Norman.

«Vai» disse Petrosky.

Lei si precipitò verso il corridoio, lasciando la porta aperta dietro di sé. Norman voltò le spalle a Petrosky e la chiuse, e quando si voltò di nuovo verso Petrosky, i suoi occhi erano acquosi.

Impostore. Stai per dirmi che l'hai uccisa, stronzo.

Norman si sedette sulla sedia davanti alla scrivania, e Petrosky prese posto di fronte a lui, puntando la pistola contro Norman sotto il piano della scrivania nel caso l'uomo avesse qualche artiglieria nascosta di cui non era a conoscenza.

«Sentiamo, Norman».

«Padre Norman».

«Che razza di prete sei».

Norman aggrottò le sopracciglia ma non rispose.

«Parlami di questo». Petrosky gettò il libretto degli assegni in grembo all'uomo. Norman non si degnò nemmeno di guardarlo, mantenendo gli occhi fissi su quelli di Petrosky.

«È un conto corrente cointestato».

«Lo so, genio. Che ne dici di dirmi perché pagavi Heather?» *Dimmi cosa le hai fatto, maledetto, dimmelo.*

«Non la pagavo. La... sostenevo.»

«Certo» disse Petrosky, fulminando Norman con lo sguardo. Come aveva fatto Heather a fidarsi di questo tipo? Ma... anche lui lo aveva fatto. Petrosky si schiarì la gola. «L'hai uccisa perché non volevi che qualcuno scoprisse come si guadagnava quel sostegno?»

«Non l'ho uccisa io.»

«Ma certo.» Le sue spalle erano tese come corde di violino. L'aria intorno a loro si era rarefatta, come se Norman avesse sostituito tutto l'ossigeno nella stanza con stronzate. «Quella ragazza che è appena uscita... la paghi anche lei per cose perverse?»

«Sei libero di parlare con Shandi. Chiedile quello che vuoi.»

Non mi dirà un cazzo. «Perché non mi spieghi perché è qui adesso. Sono sicuro che la tua collaborazione sarà molto apprezzata dal procuratore distrettuale.»

Le labbra di Norman tremarono, ma lui serrò la bocca e non disse nulla. Poi, con una voce così bassa da essere quasi impercettibile: «Stava tenendo d'occhio Heather per me.»

Non so nemmeno perché avrei dovuto sorvegliarla!

«E perché avresti dovuto far sorvegliare Heather?» Il labbro del prete tremava ancora: era spaventato. Colpevole come un peccatore. «È quasi come se avessi bisogno di qualcuno che la tenesse sotto controllo, qualcuno che si assicurasse che si presentasse dietro quella scuola così da poterla uccidere a sangue freddo.»

«Non ho fatto niente del genere. Ma ho delle persone

di cui mi fido, persone che la controllavano di tanto in tanto. Era tranquilla, timida, come sai.» E sulla parola "timida", la sua voce si incrinò, anche se non per il dolore del lutto: era qualcosa di più ardente, più acuto, una rabbia mal celata che Petrosky non riusciva a inquadrare.

«Persone di cui ti fidi... quindi più persone oltre a Shandi? Anche Gene?» *Era solito chiamare qui spesso, aveva una cotta per lei.*

Norman deglutì a fatica, poi annuì lentamente.

Aveva un esercito là fuori che sorvegliava Heather. Ma non aveva motivo di seguirla a meno che non sapesse che era in pericolo.

«Volevo solo tenerla al sicuro.»

«Quindi sapevi che era in pericolo.» *Perché l'hai messa in pericolo tu, maledetto bastardo.*

«Lo sospettavo soltanto. Le ho persino inviato un messaggio quel giorno per avvertirla, per dirle di stare attenta.»

«Sei stato tu a inviarle il mess-»

Lui alzò una mano. «Non avrei mai pensato che si sarebbe spinto così lontano; che sarebbe successo in questo... modo.» Il suo respiro si inceppò di nuovo, ma questa volta i suoi occhi si riempirono di lacrime. «Pensavo che avrei celebrato il vostro matrimonio al mio altare, che l'avrei vista camminare lungo la navata, che avrei battezzato i vostri figli.» Le lacrime traboccarono, scorrendo lungo le sue guance, e la mano di Petrosky si allentò intorno alla pistola. Norman era così bravo a mentire, stava solo fingendo? O erano lacrime di colpa?

«Beh, se non sei stato tu, *Padre*, chi è stato? Chi l'ha uccisa?»

Il prete guardò oltre Petrosky, il bagliore arancione dell'alba che si rifletteva nelle sue iridi come fiamme.

Petrosky alzò un pugno e lo sbatté sulla scrivania così

forte che Norman sobbalzò. «Smettila di prendermi per il culo e dimmi quello che sai».

«Temo di non poterlo fare, figliolo». Norman incrociò le braccia, e ora i suoi occhi erano freddi, d'acciaio determinato. «Alcune cose non sono destinate a vedere la luce del giorno».

«Non ti metterai a tirar fuori stronzate sul privilegio del confessionale-»

«Non sono stronzate, come dici tu. Io sono solo un tramite. La confessione è un legame sacro tra il Signore e i suoi figli».

«Se qualcuno ha confessato di aver ucciso Heather-»

«Non l'hanno fatto».

«Allora come cazzo-»

«Le trasgressioni passate sono spesso di natura singolare: un errore, un momentaneo calo di giudizio. Ma a volte si ripetono. Se vediamo i segni, interveniamo dove possiamo; il resto lo lasciamo a Dio».

«Il tuo Dio ha fatto uccidere la mia fidanzata, quindi scusami se non credo a queste stronzate-»

«Il Signore agisce in modi che non sempre comprendiamo».

«È qui che differiamo, Norman: io ho bisogno di capire. E non mi fermerò finché non lo farò».

«Ti ucciderà».

«Come hai detto?»

Le labbra di Norman si chiusero di scatto, e lui inspirò profondamente dalle narici, poi espirò così lentamente che Petrosky voleva prenderlo a pugni proprio sul naso. «Il timore del Signore prolunga la vita, ma gli anni dei malvagi saranno accorciati».

«Non è quello che stavi per dire». *Timore del Signore, col cavolo: Dio non c'entra niente in tutto questo.* «E se pensi che il tuo Dio voglia uccidermi perché sto indagando sulla morte di Heather, non stai certo dimostrando che le persone religiose siano sane di mente». Si sporse sulla scrivania, fissando Norman negli occhi. «Facciamo finta che ti creda. Se hai ricevuto la confessione di qualcuno pericoloso, un assassino, è solo questione di tempo prima che lo faccia di nuovo. Stai mettendo a rischio l'intera congregazione».

«Il rischio è passato».

«Dalla tua affermazione di poco fa, sembra che tu pensi che io possa essere sulla lista dei prossimi».

«Guardatevi dai falsi profeti», sbottò il prete, «che vengono a voi in veste di pecore, ma dentro sono lupi rapaci». Si asciugò gli occhi. «Matteo 7:15».

«Non fare il furbo con qualcuno che ti punta una pistola addosso». Petrosky sollevò la canna sopra la scrivania e la puntò contro Norman. «Per cortesia di una prostituta che ho incontrato nella zona est. Una donna saggia».

«Il rischio finirà presto», ripeté Norman, e qualcosa nel suo viso ricordò a Petrosky Heather, il modo in cui appariva alla fine di una lunga giornata: esausta ma sollevata.

«Non puoi essere sicuro che non ci sia più alcun rischio. Ma puoi essere sicuro che passerai del tempo in una cella se non cominci a parlare».

«Il mio legame con il Signore mi aiuterà a superare tutte le sfide finché manterrò la mia fede».

Su questo, Petrosky gli credeva. Avrebbe potuto rinchiudere Norman il giorno dopo, e il tizio sarebbe rimasto lì, con le labbra sigillate, per l'eternità.

Ma nulla di tutto ciò spiegava perché avesse dato dei soldi a Heather. «Hai detto che la stavi aiutando, ma non puoi sostenere ogni membro della tua congregazione. Allora perché Heather?»

«Heather era speciale».

«Nel modo in cui lo era Marius Brown?»

Gli occhi del prete si strinsero.

«Marius è entrato in possesso di un sacco di soldi subito dopo la morte di Heather. Presumo sia stato tu a pagargli per ucciderla con il denaro dei conti di Heather?»

Ammettilo, stronzo. Ma la certezza che aveva avuto quando era arrivato si era stemperata in un pesante disagio nello stomaco.

Le narici del prete si dilatarono. L'incertezza di Petrosky svanì: nessuno aveva accesso a quei conti segreti tranne Padre Norman. Per quale altro motivo li avrebbe tenuti dietro un pannello nascosto sotto la sua scrivania? E nonostante quanto fosse ovvio, il tizio ancora non riusciva ad ammetterlo.

«Cristo santo, smettila di fare il coglione e dimmi la fottuta verità! Se non l'hai uccisa tu stesso, sapevi abbastanza per impedirlo. E di sicuro sai come Marius Brown fosse coinvolto».

«Marius mi ha aiutato a prendermi cura di Heather, non lo negherò».

«E lei è morta per caso sotto la sua sorveglianza, con lui coperto del suo sangue, proprio prima che tu lo pagassi». Petrosky batté il calcio della pistola sul legno.

La mascella di Norman si serrò. «Sì, ho dato i soldi a Marius. Heather non ne aveva più bisogno».

Lo sapevo. «Ma Donald ne ha bisogno. È per questo che lei li stava risparmiando. E quei soldi erano lì finché non hai pagato Marius Brown per ucciderla».

«Non ho fatto nulla del genere». Ma il suo viso si era indurito, e i suoi occhi erano nuvolosi, meno determinati. Era paura quella?

«Allora perché pagarlo?»

«Dovrai chiederglielo».

Chiederglielo. Tempo presente. «Abbiamo trovato il corpo di Marius Brown oggi», disse lentamente Petrosky, esaminando il volto del prete. «Ucciso a colpi di arma da fuoco».

La mascella di Norman cadde. La sua pelle impallidì: shock. *Non lo sapeva*. Poi: «No. No, non può essere... Marius? Era un ragazzo problematico, ma... oh, no». La diga si ruppe. Le sue spalle tremavano. Le lacrime gli scorrevano sulle guance. Il prete non poteva essere così bravo a mentire.

«Perché qualcuno dovrebbe uccidere Marius, Padre?»

«Non posso rispondere a questo». Norman fissò di nuovo attraverso la finestra l'alba. Il suo viso era bagnato. «È ora che tu vada». Osservava il sole che sorgeva mentre Petrosky infilava la pistola nella fondina e afferrava le sue scarpe. Il libretto degli assegni giaceva aperto in grembo a Norman: Petrosky lo afferrò anche quello.

«Ed?»

Si voltò sulla porta per vedere lo sguardo di Norman fisso su di lui, il suo viso sincero. «Siate prudenti come serpenti e semplici come colombe».

Innocenti come colombe. Come quelle che Heather non avrebbe mai potuto allevare.

CAPITOLO 21

Petrosky si diresse verso la stazione, aspettandosi che Mueller o Patrick lo stessero aspettando nella luce del sole mattutino, pronti ad arrestarlo per aver puntato un'arma contro Padre Norman. Ma nessuno alzò lo sguardo mentre attraversava a grandi passi l'ufficio verso la scrivania di Mueller. Il detective era già in piedi.

«Hai visto Patrick?» chiese Petrosky.

«Hai perso il tuo partner, eh? Salterà fuori.»

Dovrei dirglielo? Ma cosa avrebbe potuto dire Petrosky? Che Padre Norman aveva detto che *qualcuno* nella sua chiesa aveva ucciso Heather? Che aveva puntato una pistola contro il viso del prete per tutto il tempo?

«Qualcosa di nuovo sul caso di Marius Brown?»

«Solo l'autopsia.» Mueller si infilò il cappotto. «Singola ferita da arma da fuoco, traiettoria dall'alto verso il basso; sembra che qualcuno fosse seduto in cima all'edificio accanto, aspettando che uscisse. Probabilmente non l'ha nemmeno visto arrivare.»

Lo aveva colpito dal tetto: l'assassino non si era nemmeno sporcato le mani.

Mueller si volse verso le scale, e Petrosky gli mise una mano sulla spalla. «Ehi, Mueller, puoi aspettare un-»

«Devo andare. Notifica ai parenti più prossimi di Brown, ci è voluto un'eternità per trovarla. La madre si è sposata e non si è mai preoccupata di cambiare il suo nome con lo stato o la motorizzazione, si è solo trasferita con suo marito. Ha lasciato scadere la patente e tutto il resto.» Mueller aggrottò la fronte guardando la mano di Petrosky, e Petrosky lasciò cadere il braccio. «Odio queste cose,» mormorò Mueller.

«Posso venire con te?» Mentre Norman aveva ammesso di aver dato i soldi a Brown, dovevano dimostrare che era stato più di un atto di carità. Forse la famiglia di Marius Brown aveva qualche informazione sull'improvviso afflusso di denaro di Brown... e su cosa Brown potesse essere stato disposto a fare per ottenerlo. Perché anche se Norman non aveva pagato Brown per uccidere Heather - e Petrosky non era ancora del tutto certo di crederci - non si dava a qualcuno quel tipo di denaro a meno che non se lo fosse guadagnato.

«Riesce a pensare a un motivo per cui qualcuno avrebbe voluto fare del male a suo figlio?»

Grace Johnson scosse la testa, le spalle curve, sconfitta. «Era... problematico, quindi non posso saperlo con certezza. Coinvolto con la droga e cose del genere. Non sembrava mai riuscire a mettersi in riga.»

Problematico: la stessa parola che aveva usato Padre Norman, quasi come se i due ne avessero discusso in precedenza.

«Gli ho detto di tornare quando si fosse disintossicato, pensavo che l'amore severo fosse il modo giusto di agire...»

Si asciugò le lacrime dalle guance. «Dopo averlo tagliato fuori, passava la maggior parte del suo tempo in quel rifugio.»

Lo aveva tagliato fuori, eh? Era questo il motivo per cui Brown aveva continuato ad andare al lavoro nonostante tutto quel denaro in banca? Perché non poteva accedere ai soldi?

Mueller insistette: «Abbiamo ragione di credere che suo figlio possa aver ucciso una donna alcuni mesi prima della sua morte.»

I suoi occhi si spalancarono. «Marius? Non il mio Marius.»

Ah, l'amore. Quando si è troppo vicini per vedere una persona per quello che è realmente.

«Abbiamo un'identificazione positiva. Un testimone. Un afflusso di denaro sul suo conto bancario il giorno dopo l'omicidio.»

Lei fissò il muro dietro di loro, le nocche bianche. Il silenzio si prolungò.

«Conosceva Heather Ainsley?»

La sua mascella si irrigidì, ma riportò lo sguardo sul volto di Mueller.

«Signora?»

Adesso lei abbassò lo sguardo. «Conoscevo sua madre». La sua voce era tesa, ma questa volta non di tristezza: sembrava arrabbiata.

«Suo figlio era sulla scena dell'omicidio di Ainsley», disse Mueller. «Coperto del suo sangue. Crediamo che l'abbia uccisa lui, ma quello che non riusciamo a capire è il perché».

Se l'avesse uccisa per i soldi, non ci sarebbe bisogno di un'altra ragione. Ma questa donna aveva tagliato i fondi a suo figlio. Quando? Controllava lei i conti di Brown al momento della morte di Heather? E se fosse così... perché

Brown si sarebbe preoccupato di guadagnarli uccidendo Heather in primo luogo?

La sua mascella si serrò, si rilassò, si serrò di nuovo, si rilassò.

«Signora?» disse di nuovo Mueller.

Lei strinse le labbra ancora più forte.

«Come gli ha tagliato i fondi?» chiese Petrosky. «Non aveva i suoi conti bancari?»

«Io... Sono miei. Lui non ne sapeva nulla: li ho semplicemente intestati a lui. Pensavo che una volta che fosse stato meglio...»

È lei quella che Norman stava pagando?

Petrosky e Mueller si scambiarono uno sguardo. *Dai, signora, dammi qualcosa.* Aveva bisogno di una ragione per sapere del coinvolgimento di Padre Norman oltre all'irruzione nella scrivania del prete o al pedinamento nel rifugio per senzatetto, dove assolutamente non avrebbe dovuto essere.

«Se Marius passava del tempo al rifugio per senzatetto, pensa che fosse vicino a qualcuno lì? Magari ha fatto amicizia in chiesa più avanti sulla strada?» Petrosky la fissò, impassibile, senza battere ciglio. Le sue narici si dilatarono.

«So che molti di quei ragazzi vanno a trovare Padre Norman, e se qualcuno là fuori ce l'avesse con Marius...» Lanciò un'altra occhiata a Mueller. «Forse dovremmo chiedere al prete».

Il suo viso cambiò in modo quasi impercettibile, il panico che brillava attraverso il dolore. Mueller si irrigidì: doveva averlo visto anche lui.

Lei fissò Petrosky come se stesse valutando le sue opzioni, poi abbassò il mento sul petto. «Sapevo che sarebbe successo prima o poi».

Mueller esitò. «Sapeva che Marius avrebbe ucciso...»

«No, che la gente... l'avrebbe scoperto...» Sospirò.

«Scoperto cosa?» chiese Mueller, ma il mondo di Petrosky aveva rallentato.

«Beh, io e... voglio dire, lo sapete. È per questo che siete qui, no? Perché lui ha dato a Marius i soldi di Heather?»

«Signora...»

«Non volevo metterlo nei guai, d'accordo? Ci ho pensato a volte: odiavo che Marius andasse in chiesa lì, che avessero qualsiasi contatto. Ma lui pagava gli alimenti finché non dicevo a nessuno che era il padre di Marius: non credo nemmeno che Marius lo sapesse».

Mueller socchiuse gli occhi. «Il padre di Marius? Di chi stiamo...»

«Padre Norman», disse Petrosky. Mueller girò bruscamente la testa verso Petrosky, poi di nuovo verso Grace mentre lei annuiva.

«Padre Norman lo sa?» chiese Mueller. «Della morte di Marius?»

Sì.

«Beh, di certo non gliel'ho detto io: non lo vedo da anni». Scrollò le spalle. «Non ci siamo lasciati in buoni rapporti».

Mueller si sporse in avanti. «E perché, signora?»

Lei si asciugò gli occhi. «Ero ben lontana dall'essere l'unica».

CAPITOLO 22

«Il maledetto prete. Ci credi?» Mueller tamburellava le dita sul volante. «Hai un buon istinto, Petrosky.»

Ma le parole gli arrivavano come attraverso una nebbia. Aveva capito tutto male. Padre Norman era il padre di Marius Brown, il padre di Heather, e pagava i suoi figli per mantenere segreta la loro paternità. Brown non aveva avuto bisogno di "Otis Messinger": sua madre aveva creato il conto per lui. Ma Heather aveva avuto bisogno di un co-firmatario; quando il prete aveva iniziato a pagarla, aveva quindici anni, e Donald non doveva sapere che Heather non era sua figlia. Altrimenti, lei non avrebbe inventato quella storia elaborata sulla contabilità, e Donald sicuramente non sarebbe stato amichevole con Norman se avesse saputo che il prete aveva dormito con sua moglie. Perché Norman avesse aspettato fino a quando lei era adolescente per iniziare a pagare, Petrosky non ne aveva idea - forse la madre di Heather non voleva destare sospetti avendo troppo denaro in giro. Ma una volta che Nancy si era suicidata, e Norman aveva capito che Heather aveva bisogno di fondi...

Eppure, perché Heather si prostituiva la notte in cui si erano incontrati se aveva tutti quei soldi? Perché sia lei che Marius Brown erano stati uccisi? Anche se... era possibile che qualcuno stesse prendendo di mira il prete a causa delle sue relazioni. Sospirò. Perché diavolo Norman poteva ignorare tutta la questione del celibato ma mantenere i segreti del confessionale? Quello era proprio un esempio di cherry-picking religioso.

«Ti lascerò alla stazione», stava dicendo Mueller. «Voglio passare un po' di tempo in chiesa oggi, chiacchierare con questo Padre Norman e vedere cosa posso scoprire». Scosse la testa. «Il fottuto prete.»

Ma Petrosky sapeva già cosa Norman avrebbe detto a Mueller: un sacco di niente. Sperava che avrebbe omesso la parte della sua visita mattutina. Guardò fuori dal finestrino la neve che si scioglieva. «Siate prudenti come serpenti e semplici come colombe. Buon divertimento con quello.»

«Ecco, io vi mando come pecore in mezzo ai lupi», disse Mueller con un sbuffo. «Non ti avevo mai preso per un uomo religioso.»

Petrosky si voltò dalla finestra. «Cosa?»

«Il resto di quella citazione. 'Ecco, io vi mando come pecore in mezzo ai lupi; siate dunque prudenti come i serpenti e semplici come le colombe.' Mia nonna lo diceva sempre.»

In mezzo ai lupi. Un lupo travestito da pecora... Cos'altro aveva detto Norman? Qualcosa sui falsi profeti che sembravano pecore ma erano... lupi rapaci. *Lupi, lupi.* Era un po' troppo coincidenza. Quindi, cosa stava cercando di dirgli Norman? Nessuno aveva confessato l'omicidio di Heather se credeva al prete... ma forse Norman aveva un'idea su chi avesse ucciso Marius Brown.

Lupi. Il *lupo solitario.*

No. Non era possibile. Non aveva alcun senso.

Padre Norman mi sta prendendo per il culo.

Ma e se non fosse così?

Il timore del Signore prolunga la vita, ma gli anni dei malvagi saranno accorciati.

Una vita breve - qualcuno malato. Morente.

«Tutto bene?» chiese Mueller.

«Sì, sto bene», disse Petrosky, cercando di mantenere la voce ferma. «Ho solo alcune cose da sbrigare al distretto.»

«Nessun problema. Ti lascio lì così puoi trovare il tuo partner.»

Ma non avrebbe fatto questo con un partner.

Cosa cazzo vuoi essere, ragazzo?

Sicuro, signore.

Sicuro.

CAPITOLO 23

Donald sedeva fissando fuori dalla finestra anteriore, gli occhi spenti, le mani tremanti appoggiate sul cane in grembo. «Di cosa hai bisogno, Ed? Sono terribilmente stanco». E lo sembrava davvero: pelle troppo pallida, guance scavate, cassa toracica incavata.

Devo sbagliarmi su questo. Ma se qualcuno avesse ucciso la figlia di Petrosky...

«Senti, Donald, Marius Brown, l'uomo che ha ucciso Heather... è stato trovato morto ieri. Colpito da un proiettile, con traiettoria dall'alto verso il basso, come da un fucile da cecchino».

«Mh».

«Lo conoscevi, Donald?» I muscoli di Petrosky erano così tesi che temeva potessero rompersi. Lo sguardo di Donald rimaneva fisso sulla finestra. «Il rifugio è proprio in fondo alla strada dalla chiesa; forse Marius ci andava qualche volta? Magari l'hai incontrato alla serata di bingo?»

«Non ne sono sicuro».

«Donald... ho bisogno che tu sia sincero con me», disse, e finalmente il vecchio si voltò a guardare Petrosky, gli occhi ora lucidi. «Se vado in soffitta a cercare il tuo vecchio fucile, scoprirò che è stato usato di recente? Riusciranno a far corrispondere la tua arma al proiettile che abbiamo estratto dal petto di Marius?»

L'uomo sbatté le palpebre, il suo volto pallido sembrava spettrale nei raggi di sole che filtravano dalla finestra. «E come pensi che sia arrivato lì per fare questa cosa? Guardami, figliolo». Indicò le sue gambe, sottili, ma... non così atrofizzate come avrebbero dovuto essere. «Credi che miracolosamente mi alzi da questa sedia ogni sera?»

La tappa che Petrosky aveva fatto prima di venire qui suggeriva esattamente questo. «Penso che tu lo faccia, o almeno che tu possa farlo».

«Ma...»

«La tua assistente sociale mi ha detto che facevi fisioterapia, ma che non si è preoccupata quando l'assegno è tornato indietro perché non ne avevi più bisogno, anche se ancora non camminavi».

«Non stava aiutando».

«Forse no. Il fisioterapista ha detto che potevi camminare benissimo: i tuoi muscoli funzionavano anche se ti rifiutavi di alzarti». Petrosky seguì lo sguardo di Donald verso il cane in grembo, una delle zampette di Roscoe era appoggiata sul bracciolo della sedia a rotelle. «Non capisco perché fingere di stare peggio di quanto tu stia realmente».

«Ho molto da espiare, Ed... tu sei stato un militare, puoi capire».

«Capisco il senso di colpa», - *eccome se lo capiva* - «ma perché la sedia?»

«Questa è la mia penitenza».

«Come può stare seduto su una sedia a rotelle annullare qualsiasi cosa tu abbia fatto in guerra? Anche se avessi reso qualcun altro invalido...»

«Alcune cose devono essere fatte per il bene dell'anima». La mascella di Donald tremò, e abbassò la voce a un sussurro. «E Marius ha avuto ciò che si meritava».

Cristo Santo, l'ha fatto davvero. Quell'uomo era riuscito in qualche modo a percorrere tre miglia fino al negozio di elettrodomestici, a salire sul tetto dell'edificio adiacente, ad aspettare che Brown uscisse e a mettergli una pallottola nel cuore? Qualcuno l'aveva accompagnato in auto o aveva fatto tutto da solo? Che cazzo stava succedendo qui? Donald aprì di nuovo la bocca come per parlare, ma Petrosky alzò il palmo della mano - *fermati*. «Non dire nient'altro senza un avvocato». Se Brown avesse ucciso la figlia di Petrosky, anche lui gli avrebbe sparato - cazzo, si sarebbe trascinato sulle mani e sulle ginocchia su tre rampe di scale per farlo. Forse Petrosky non avrebbe detto nulla alla polizia, lasciando che il vecchio morisse in pace. Donald non sarebbe nemmeno arrivato alla fine del processo prima di tirare le cuoia.

Petrosky si passò una mano sul viso non rasato, sentendosi dieci anni più vecchio, e seguì lo sguardo di Donald verso il crocifisso. Gesù lo fissava accusatorio come se fosse stato Petrosky stesso ad averlo inchiodato al legno. Marius aveva ucciso Heather, forse per un affare di droga, o solo per follia. E Donald aveva ucciso l'uomo che aveva assassinato sua figlia. Ma c'era qualcos'altro che disturbava Petrosky. «Come facevi a sapere che Marius aveva ucciso Heather?» La polizia l'aveva scoperto solo ieri, e solo perché Petrosky aveva fornito loro un'identificazione - di sicuro non l'avevano ancora reso pubblico.

«Un colpo di fortuna».

«Hai ucciso un uomo basandoti su un'intuizione?»

Donald aveva forse una pista interna al distretto? I peli sulla sua nuca si rizzarono.

«Gliel'ho chiesto al bingo - avevi ragione su questo. E lui l'ha ammesso».

Non suonava vero - *Come avrebbe saputo di dover chiedere proprio a Marius?* - ma era possibile. «Sai chi era l'altro uomo nell'auto? Quello che ha sparato al mio partner?» Donald poteva aver ucciso Marius dopo i fatti, ma non era rimasto seduto a guardare mentre Marius assassinava la sua unica figlia.

Donald scosse la testa. Lo sguardo di Petrosky cadde sulla scatola sul tavolo, la medaglia di Donald circondata da pareti di vetro insieme a una foto incorniciata: Donald inginocchiato, un fucile da cecchino sulla spalla dopo la sua ultima missione in solitaria.

Il lupo solitario.

Donald lo vide guardare e tirò su col naso una volta, forte. «Non mi dispiace, Ed. Marius-»

«Devi chiamare un avvocato, Don».

«Ora l'anima di quel ragazzo ha la possibilità di andare in Paradiso. Sai che è più facile entrarci se qualcun altro ti toglie di mezzo. I tuoi peccati sono perdonati - è automatico».

Petrosky distolse lo sguardo dalla scatola di vetro, i colori intorno a lui sbiadirono fino al grigio. Non assomigliava certo a nessun sermone che avesse mai sentito. «Pensi che Marius vada in Paradiso ora perché l'hai ucciso tu? Dopo che ha assassinato tua figlia?»

Gli occhi di Donald erano ancora fissi sulla sua medaglia. «Ne parlavamo sempre nella giungla. Di come stavamo aiutando quei bastardi, alleviando la loro sofferenza eterna - eravamo eroi».

Petrosky non avrebbe giustificato quello che aveva fatto durante la guerra. Non poteva. Ma Donald aveva avuto bisogno di una ragione per ogni vita che aveva preso, una scusa - così ne aveva creata una: *Per il bene dell'anima.*

Per il bene dell'anima... La stanza si riscaldò mentre qualcosa di cruciale scattò nel cervello di Petrosky. Norman aveva detto di non aver ascoltato una confessione sull'omicidio di Heather; aveva ascoltato un'altra confessione, qualcosa di enorme, qualcosa di pericoloso. Petrosky aveva pensato che Norman stesse parlando dell'omicidio di Marius Brown, ma no: Norman era rimasto sciocccato. Il prete non sapeva che Brown fosse morto finché Petrosky non glielo aveva detto.

La stanza girò, la luce del sole improvvisamente così accecante che riusciva a malapena a distinguere i dettagli del volto di Donald, solo la silhouette di un vecchio che fissava ancora la scatola sul tavolo, la foto della pistola che lo aveva reso un "eroe". Se questo era collegato a Heather, a Donald, se questo segreto che Norman conosceva era il motivo per cui il prete teneva d'occhio lei... Norman stava sorvegliando Heather perché sapeva che Donald era instabile? Con tutte queste stronzate sull'anima, avrebbe avuto senso. Ma Norman aveva detto qualcosa sulle trasgressioni passate che erano "singolari", solo un errore. Questo non si adattava a ciò che Donald aveva fatto nella giungla. Donald aveva fatto del male a qualcun altro? Se avesse saputo di sua moglie e del prete, però...

Nel mondo di Donald, l'infedeltà era certamente un peccato.

La storia era che Nancy aveva aspettato che Heather andasse a scuola, poi si era sdraiata a letto e si era messa una delle pistole di Donald alla tempia. Ma se non fosse stata lei a premere il grilletto?

«Hai ucciso tua moglie, Donald?» *Per il bene della sua anima?*

Lo sguardo di Donald si era indurito. Fissava, senza

battere ciglio, ma non lo negò. Il calore sbocciò nel petto di Petrosky e corse giù lungo le braccia fino alle mani, stringendo i pugni.

Per il bene dell'anima. La frase girava e rigirava nella sua mente: cosa aveva detto Donald dopo aver ritirato le ceneri di Heather? Che Heather non aveva fatto ciò che avrebbe dovuto per il bene della sua anima, che lui... aveva fatto tutto il possibile per lei. «Hai... hai ucciso anche Heather?» La sua voce tremava. «Hai alleviato la sua sofferenza dandole le tue pillole di Oxy prima di fracassarle il cranio?» Ma perché? Quale mostruoso peccato pensava Donald che Heather avesse commesso?

Le mani di Donald si strinsero in grembo, e il cagnolino saltò in piedi guaendo, ma Donald afferrò la zampa del cucciolo prima che potesse saltare a terra. Il cane guaì, leccando freneticamente le dita di Donald come se il suo amore potesse far sì che l'uomo lo liberasse. Ma quest'uomo non sapeva nulla dell'amore. E le mani di Donald non tremavano più, per niente.

L'ha uccisa. Perché cazzo l'aveva uccisa? «Hai lasciato che Heather rimanesse finché si prendeva cura di te, finché le tue bollette venivano pagate, ma quando hai scoperto che ti avrebbe lasciato» - *per me* - «hai deciso di...»

«Non m'importa dei soldi. Sarò morto e sepolto prima che il pignoramento sia definitivo» sputò Donald. «Ho passato tutta la vita cercando di fare la cosa giusta. Mi sono pentito, mi sono confessato, ho dato i miei soldi alla chiesa. Ma Dio continuava a mettermi alla prova. Prima, è stata mia moglie che mi tradiva con quel... quel... *falso profeta*.»

L'aveva saputo fin dall'inizio, sapeva del prete, dei soldi. E dopo che si erano trasferiti, aveva detto a Heather che era malato, si era seduto su quella sedia a rotelle e non si era più alzato. Persino Padre Norman credeva che fosse malato; ecco perché non stava denunciando Donald ora.

Pensava che l'uomo stesse morendo e non fosse più un rischio, solo una pecora. Ma Donald era sempre stato un lupo. «Sei mai stato davvero malato?»

«La mente può essere afflitta quanto il corpo». Abbassò lo sguardo. «Ma sì, ora sono più malato, cancro, non che lo stia curando. A quel tempo, mi sono seduto su quella sedia per mostrare a Heather cosa significasse umiliarsi. Sua madre era rimasta incinta parlando con persone con cui non avrebbe dovuto, se non avesse parlato con gli altri fornicatori, forse sarebbe rimasta sulla retta via. Il silenzio avrebbe dovuto salvare Heather dai peccati di sua madre e tenerla lontana dai guai. Il silenzio avrebbe dovuto essere la penitenza di Heather: tacere è una virtù».

Silenzio? Non c'era da meravigliarsi che Heather fosse così brava a mantenere i segreti, perché fosse così cauta nel parlare con chiunque. E probabilmente sapeva, o almeno sospettava, che Donald potesse camminare, anche lei era stata fin troppo sicura che potesse vivere da solo. «Ti sei tolto la tua mobilità sedendoti su quella sedia, e hai tolto la voce a Heather... come? Picchiandola quando parlava troppo?» O forse lei temeva che Donald l'avrebbe uccisa come aveva ucciso sua madre. Lo sapeva?

«Dio apprezza l'obbedienza».

Il sangue di Petrosky ribolliva. Non si trattava di obbedienza, si trattava di manipolazione, di segreti. E Heather non era rimasta in silenzio. Heather *aveva* parlato con Petrosky. Ma non gli aveva detto tutto. Se l'avesse fatto, lui avrebbe potuto proteggerla.

«Non importa cosa facessi, non potevo salvarla dalla sua natura». Lo sguardo spento di Donald si illuminò di qualcosa che non era proprio furore, né proprio senso di colpa, una qualche emozione repressa sepolta in profondità sotto le bugie che raccontava a se stesso. E Petrosky aveva sospettato di tutti tranne che dell'uomo di fronte a lui.

Colpa e dolore si mescolavano all'odio nel suo petto. La prossima volta, si sarebbe assicurato di mettere la colpa dove apparteneva.

«Dimmi cosa le hai fatto». *Dillo, pezzo di merda.* Aveva pagato Brown per ucciderla? Brown era stato solo l'autista? Petrosky voleva, *aveva bisogno* di sentire ogni dettaglio, di sentire le ferite come se fossero le sue; doveva questo a Heather prima di spegnere tutto per sempre.

Donald scosse la testa. «Non capisci. Sei cieco, come quel *Marius*». Tirò su col naso. «Sempre a seguirla, a ficcare il naso dove non doveva».

Seguirla... Finalmente, i pezzi andarono al loro posto. Brown aveva seguito Heather quella notte perché la stava osservando per conto di Padre Norman. Petrosky rivide gli occhi spenti di Brown, le sue mani insanguinate che si muovevano al rallentatore, lo shock. Brown non l'aveva uccisa, l'aveva *trovata*. Le sue costole rotte non erano perché qualcuno l'aveva presa a calci, ma perché Brown aveva cercato di rianimarla. Aveva tentato di praticare la rianimazione cardiopolmonare. E quando Brown era tornato al pickup, aveva trovato un killer mascherato che lo aspettava con una pistola puntata alla testa. Ma ancora...

«Perché non uccidere Marius la notte in cui è morta Heather?»

«Pensavo che potesse pentirsi».

«Ma perché non ti ha denunciato?»

Un sorriso sfiorò le labbra di Donald, appena un accenno di ghigno, ma sotto di esso si celava una follia orribile.

«Non sapeva chi fossi.» *La maschera.* «E gli ho detto che avrei ucciso sua madre.»

«L'avresti uccisa davvero?»

Lui scrollò le spalle. «I fornicatori meritano ciò che gli spetta: lei ha una speranza di salvezza, ma non da sola.»

«Già, quando sento la parola 'salvezza', la prima cosa che mi viene in mente è sempre fracassare qualcuno con un piede di porco.»

«Heather aveva una possibilità di salvezza nonostante sua madre fosse una puttana», ringhiò. «Ma mi ha tradito anche lei, andando a trovare quella fornicatrice, facendo volontariato dove quel falso profeta le diceva di andare, poi abbandonandomi qui nei miei ultimi giorni per vivere con... te.» Si sporse in avanti, con gli occhi spiritati.

È una brava ragazza, una brava, brava ragazza. «Ma che diavolo c'è che non va in te?»

«Credi che avresti potuto salvare la sua anima, Edward? Avresti potuto salvarla dalla sgualdrina a due facce che era diventata? Non potevo morire sapendo che non avevi il coraggio di fare quel sacrificio. Non l'hai vista sgattaiolare fuori di casa vestita come una puttana: forse l'ha fatto solo una volta, ma non si è mai pentita, non ha mai chiesto perdono. Era destinata a diventare una Gezabele, proprio come sua madre.»

Uscita di nascosto una volta... una volta. Perché aveva un appuntamento con Gene. Ed era così terrorizzata che suo padre lo scoprisse, che aveva lasciato che Petrosky credesse che fosse una prostituta: non era forse peggio? Ma non l'aveva ammesso, semplicemente non l'aveva mai negato... non aveva detto nulla, fino a quando lui non le aveva già tolto le manette. Forse era semplicemente paralizzata dalla paura quando Petrosky l'aveva fermata, troppo terrorizzata per correggerlo, spaventata che suo padre scoprisse che era stata anche solo *sospettata* di essere una prostituta: non che Donald avrebbe creduto alla figlia di una puttana.

Non c'era da meravigliarsi che Heather non avesse detto nulla a Donald di loro finché Petrosky non si era presentato all'improvviso, perché quando lui si era lasciato sfuggire che stavano uscendo insieme, lei se n'era andata di casa, anche se non avevano mai parlato di vivere insieme. Perché insisteva per uscire in pubblico con Donald invece di andarlo a trovare a casa. *Un motivo in più per uscire di casa e godersi ogni giornata*, sussurrava nella sua testa. Aveva paura di Donald, ma pensava che suo padre stesse morendo. Non aveva mai capito che lui progettava di portarla con sé.

Roscoe guaì, e Petrosky mise la mano sull'impugnatura della pistola. *Dovrei sparare a questo stronzo subito.* No, dovrebbe chiamare i rinforzi. «Immagino che tu pensi di poter salvare anche me.» Petrosky si avvicinò, fissando gli occhi luccicanti di Donald. Nemmeno un tremito. Nemmeno un fremito.

«Hai preso la sedia a rotelle, hai detto a Heather di tenere la bocca chiusa... di cosa ho bisogno io, Donald?»

«Ci sono voluti solo pochi minuti per scoprirlo.»

«Sei entrato in casa mia, Donald?»

L'uomo non disse nulla. Poi: «Quegli occhi sono il tuo fardello, sempre a guardare cose che non dovresti vedere». Abbassò la voce a un sussurro come se stesse confidando un succoso segreto, e forse pensava di farlo. «I quaderni di Heather, i suoi pensieri messi a nudo in quel modo... avrebbe potuto scrivere qualsiasi cosa su di me. *Qualsiasi cosa*. Non sono riuscito a trovarli tutti, ma quando verranno alla luce, quando li leggerai, sarai dannato quanto me».

Certo, dannato. Questo stronzo voleva solo sapere se lei avesse scritto qualcosa di incriminante su di lui. «Quindi dovrei cavarmi gli occhi? Perché la mera prospettiva di vedere le sue parole è un peccato così terribile?»

«Solo se vuoi la salvezza».

L'uomo era fuori di testa. Forse era andato nella giungla normale, ma ne era tornato pazzo.

Cosa cazzo vuoi essere, ragazzo?
Sano di mente, signore. Non come questo stronzo.

«Heather non aveva bisogno di essere salvata», ringhiò Petrosky. «Hai sacrificato tua figlia sull'altare della tua insicurezza e di qualche stronzata sulla salvezza, ma l'unico che ha bisogno di essere salvato sei tu». Mise la mano sulla cintura. «Ora porta il tuo culo zoppo qui prima che pisci sulla tua preziosa medaglia».

Tutto accadde velocemente, in vividi lampi di colore e movimento. Lo sguardo di Donald guizzò verso la medaglia e tornò indietro mentre Petrosky allentava la cintura. Poi Donald si lanciò, volando dalla sedia come se ci fossero delle molle nel sedile, graffiando e sputando, Roscoe ruzzolò sul pavimento e scivolò via mentre Petrosky lasciava cadere la cintura e si scansava dall'uomo. Donald si schiantò contro il tavolo. La scatola di vetro andò in frantumi sul pavimento in mille pezzi luccicanti. Donald urlò, la bava attaccata alle labbra, gli occhi che ardevano di furia, ma un po' di camminata sul tapis roulant non poteva competere con lo stare in piedi tutto il giorno - Petrosky infilò una gamba tra le caviglie di Donald, si spostò di nuovo, e lo guardò stramazzare al suolo a quattro zampe. Poi diede un calcio a Donald nelle costole e gli premette il ginocchio con forza contro la spina dorsale, sentendo le braccia di Donald cedere mentre la sua pancia colpiva il legno con un *oomph*.

Petrosky allungò la mano verso la pistola, sentì il bacio freddo del metallo, vide il volto di Heather nella sua mente, il più piccolo tremito delle sue labbra mentre sussurrava: *Sparagli.*

Non posso.

Alcune cose non si potevano giustificare, non quando c'era un modo migliore. Tirò fuori le manette invece, spinse il ginocchio con più forza sulla schiena di Donald, e ascoltò l'uomo gemere sul pavimento di legno mentre faceva tintinnare il metallo intorno ai polsi di Donald. Era iniziato con l'acciaio delle manette, il primo braccialetto che aveva dato a Heather. Doveva finire con le manette anche questa volta.

Dalla parete sopra di loro, Gesù li guardava, e Petrosky ricambiò lo sguardo al crocifisso. *Pentitevi, peccatori.* L'ipocrisia gli si insinuò nelle ossa. Erano tutti solo umani: preti, genitori, soldati, i suoi stessi fratelli in divisa, tutti con i loro difetti, alcuni più malati di altri. Persino Padre Norman aveva lasciato la propria figlia con un assassino per proteggere la sua reputazione. Non esisteva la salvezza; questa vita era l'unica che si aveva, e se la rovinavi qui, non avevi una seconda possibilità.

Nessuno sarebbe venuto a salvarti, proprio come nessuno nella forza di polizia lo aveva aiutato a risolvere questo caso. D'ora in poi, Petrosky avrebbe fatto le cose a modo suo, e al diavolo chiunque non fosse d'accordo. Lo avrebbe fatto per Heather. Per tutte le dimenticate, le donne a cui era stata rubata la voce a causa di circostanze di merda o di qualche maniaco intenzionato a zittirle - le donne morte invano, ignorate e sole, spinte in un cassetto con gli altri casi irrisolti perché qualche detective stronzo pensava che non contassero nulla.

Petrosky piantò il piede al centro della schiena di Donald e tirò fuori il suo pacchetto di sigarette. E mentre il fumo gli si avvolgeva intorno alle narici, offuscando il resto del mondo, la sua mente si sentì più lucida di quanto non lo fosse stata in anni.

Che cazzo vuoi diventare, ragazzo?
Un detective, signore. Petrosky sorrise.
Un detective.

EPILOGO
QUATTRO MESI DOPO

Il profumo di giacinti e fiori di melo addolciva l'aria mentre Petrosky guidava attraverso un pittoresco quartiere di piccole case e prati ben curati, con qualche edificio abbandonato qua e là. Ma gli alberi su questa strada compensavano qualsiasi struttura abbandonata; fiori rosa e bianchi esplodevano sopra di lui. La primavera era arrivata tardi quest'anno, ma andava bene così. Ultimamente Petrosky non si era sentito molto "primaverile". Sembrava quasi sbagliato che le stagioni cambiassero, come se anche il tempo cercasse di lasciarsi alle spalle l'orrore di quell'inverno, cercando di cancellare il nome di Heather dalla sua mente. Cercando di scacciare il suo sorriso nervoso con il sole dorato.

Rallentò, le sue ruote scricchiolarono sul calcare mentre entrava in un vialetto e parcheggiava sotto un enorme ciliegio. La dolcezza dei fiori era densa nell'aria; ultimamente tutto profumava più di fiori e meno di sangue. I suoi ricordi di Heather non erano ancora svaniti, ma non si svegliava più con immagini sanguinose da settimane, e il suo odore, il suono della sua voce... anche queste cose si erano sciolte, insieme alla neve. Cercava di non sentirsi in colpa, si diceva che non riusciva a ricordare nemmeno la voce di Joey - alcuni giorni, gli ci volevano diversi minuti per ricordare il nome del suo compagno morto. Sicuramente sarebbe successo anche con Heather, come con ogni altro ricordo doloroso -alla fine, l'avrebbe dimenticata. Per ora, dimenticare anche solo piccoli pezzi di Heather gli faceva male al cuore... a volte. La maggior parte dei giorni, semplicemente non ci pensava. Non poteva pensarci. Non se voleva restare al di sopra dell'oscurità.

Ma pensava a Donald. E in qualche modo ciò alleviava il dolore per la perdita di Heather, giusto un po', abbastanza da rendere il respiro più facile. Donald non aveva mentito sul cancro che gli stava divorando il pancreas e probabilmente il resto del corpo ormai. E non c'era modo che l'uomo potesse mai rivedere l'esterno del carcere. Il fucile nella soffitta di Don corrispondeva al proiettile estratto dal petto di Marius Brown, e la pistola nel comodino di Donald, la stessa usata per uccidere sua moglie, aveva anche sparato il proiettile che aveva ferito Patrick. Che riuscissero o meno a condannarlo per l'omicidio di Heather, sarebbe morto in una cella. Solo.

Almeno Roscoe aveva una nuova casa - una molto migliore.

Petrosky allungò la mano verso il campanello, e il baubau-bau di Roscoe risuonò dall'interno. La maniglia girò. La porta si aprì verso l'interno.

Linda gli sorrise, i suoi occhi nocciola si increscarono agli angoli mentre Roscoe saltava fuori sul portico e appoggiava le sue piccole zampe anteriori sullo stinco di Petrosky, la coda che scodinzolava così forte da far tremolare tutto il suo corpo. Petrosky non aveva voluto prendere il cane con sé, proprio non ce la faceva, ma Linda... lei aveva colmato il vuoto. Lo aveva aiutato più di chiunque altro. Linda sapeva cosa significava il lutto - era stata coinvolta con un pompiere morto durante un'indagine su un incendio doloso. E si era ripresa.

Questo gli dava speranza.

Petrosky si inginocchiò e grattò dietro le orecchie di Roscoe, e il cane gli leccò la mano così freneticamente che cadde dalla gamba di Petrosky e atterrò su un fianco, per poi balzare di nuovo in piedi. Il cagnolino era molto più vivace ora di quanto lo fosse stato sotto la cura di Donald, e Petrosky si chiese se il padre di Heather avesse drogato il cucciolo per tenerlo fermo, costringendo persino il suo animale domestico ad accettare la sua contorta immobilità autoinflitta.

«Che diavolo gli stai dando da mangiare?» Petrosky alzò lo sguardo e vide Linda appoggiata allo stipite della porta che rideva.

«Oh, sai. Un po' di questo...» Si strinse nelle spalle e fece un gesto verso la casa. «A proposito... vuoi un caffè?»

«Lo sai che non rifiuto mai un buon caffè». Si alzò in piedi. Ultimamente stava bevendo molto più caffè - e molto meno alcol - da quando il capo aveva iniziato ad affidargli maggiori responsabilità. Non toccava il whisky da un mese, anche se era uscito a bere una Guinness con il suo partner. Non era ancora un detective, ma era sulla buona strada: aver consegnato Donald alla giustizia aveva giovato alla sua credibilità. Superare gli esami aveva aiutato ancora di più. Persino Patrick aveva messo una buona parola, per poi dire a Petrosky di non rilassarsi perché era ora che crescesse da solo, indipendentemente da quanto fosse alto suo padre, o una cosa del genere. Ma la raccomandazione dell'irlandese aveva aiutato; si era scoperto che essere in buoni rapporti con i piani alti aveva i suoi vantaggi.

Ma Petrosky avrebbe lasciato la cordialità al vecchio Paddy.

Linda gli sorrideva ancora. «Non posso garantire che il caffè sia buono, ma è caldo».

«Basta che non sia decaffeinato».

«Come se quello fosse davvero caffè». Alzò gli occhi al cielo e si avviò verso l'ingresso, ma si voltò indietro. «Grazie per la pietra calcarea, comunque». Il suo sguardo si addolcì. «Ha davvero sistemato i buchi nel vialetto».

«Oh sì, nessun problema. Mi stavo stancando di rischiare di rompermi una gamba ogni volta che venivo ad accarezzare il cane, quindi...»

«Sì... posso immaginare».

La pietra calcarea non era un cappotto viola e nemmeno uno giallo, ma era qualcosa. Qualcosa di buono.

Un fruscio si fece sentire sopra di lui, e Petrosky alzò lo sguardo verso i rami del ciliegio. Un piccolo uccello - una colomba grigia - era posato su uno dei rami più bassi e sbatteva le ali. Gli tubò incontro.

«Tutto bene?» Linda lo guardava con la testa inclinata.

Cosa vuoi essere, ragazzo?

Felice, signore. Felice.

«Sì. Sto bene». Sorrise e seguì Linda e Roscoe all'interno.

***Faminto* è il libro 2 della serie *Ash Park*.**

Faminto
CAPITOLO 1

Concentrati, o lei morirà.

Petrosky digrignò i denti, ma ciò non impedì al panico di gonfiarsi caldo e frenetico dentro di lui. Dopo l'arresto della settimana scorsa, questo crimine avrebbe dovuto essere fottutamente impossibile.

Avrebbe voluto che fosse un imitatore. Sapeva che non lo era.

La rabbia gli annodò il petto mentre esaminava il cadavere che giaceva nel mezzo dell'immenso soggiorno. Le intestina di Dominic Harwick si riversavano sul pavimento di marmo bianco come se qualcuno avesse cercato di portarle via. I suoi occhi erano spalancati, già lattiginosi ai bordi, quindi era passato un po' di tempo da quando qualcuno aveva sventrato il suo misero culo e lo aveva trasformato in una bambola di pezza in un completo da tremila dollari.

Quel riccone avrebbe dovuto essere in grado di proteggerla.

Petrosky guardò il divano: lussuoso, vuoto, freddo. La settimana scorsa Hannah era seduta su quel divano, fissandolo con grandi occhi verdi che la facevano sembrare più vecchia dei suoi ventitré anni. Era stata felice come Julie prima che gli fosse stata strappata. Immaginò Hannah come poteva essere stata a otto anni, con la gonna che vorticava, i capelli scuri che volavano, il viso arrossato dal sole, come una delle foto di Julie che teneva nel portafoglio.

Tutte iniziavano così innocenti, così pure, così... *vulnerabili.*

L'idea che Hannah fosse il catalizzatore nella morte di altri otto, la pietra angolare del piano di qualche serial killer, non gli era venuta in mente quando si erano incontrati la prima volta. Ma lo era stata dopo. Lo era ora.

Petrosky resistette all'impulso di prendere a calci il corpo e si concentrò di nuovo sul divano. Il cremisi si era rappreso lungo la pelle bianca come a segnare la partenza di Hannah.

Si chiese se il sangue fosse il suo.

Il clic di una maniglia attirò l'attenzione di Petrosky. Si

voltò per vedere Bryant Graves, l'agente capo dell'FBI, entrare nella stanza dalla porta del garage, seguito da altri quattro agenti. Petrosky cercò di non pensare a cosa potesse esserci nel garage. Invece, osservò i quattro uomini esaminare il soggiorno da diverse angolazioni, i loro movimenti quasi coreografati.

«Accidenti, tutti quelli che conosce quella ragazza vengono fatti fuori?» chiese uno degli agenti.

«Più o meno» disse un altro.

Un agente in borghese si chinò per ispezionare un pezzo di cuoio capelluto sul pavimento. Capelli biondo-biancastri ondeggiavano, simili a tentacoli, dalla pelle morta, invitando Petrosky a toccarli.

«Conosci questo tizio?» chiese uno dei tirapiedi di Graves dalla porta.

«Dominic Harwick» Petrosky quasi sputò il nome del bastardo.

«Nessun segno di effrazione, quindi uno di loro conosceva l'assassino» disse Graves.

«*Lei* conosceva l'assassino» disse Petrosky. «L'ossessione si costruisce nel tempo. Questo livello di ossessione indica che probabilmente era qualcuno che conosceva bene».

Ma chi?

Petrosky si voltò di nuovo verso il pavimento davanti a lui, dove le parole scarabocchiate nel sangue si erano seccate in un marrone malsano nella luce del mattino.

Sempre alla deriva nel fiume-
Indugiando nel bagliore dorato-
La vita, cos'è se non un sogno?

Lo stomaco di Petrosky si contrasse. Si costrinse a guardare Graves. «E Han-» *Hannah*. Il suo nome gli si bloccò in gola, tagliente come una lama di rasoio. «La ragazza?»

«Ci sono tracce di sangue che portano verso la doccia sul retro e un mucchio di vestiti insanguinati», disse

Graves. «Deve averla pulita prima di portarla via. I tecnici ci stanno lavorando ora, ma stanno prima esaminando il perimetro». Graves si chinò e usò una matita per sollevare il bordo dello scalpo, ma era incollato al pavimento dal sangue secco.

«Capelli? Questa è nuova», disse un'altra voce. Petrosky non si preoccupò di scoprire chi avesse parlato. Fissava le macchie color rame sul pavimento, i suoi muscoli che fremevano per l'anticipazione. Qualcuno potrebbe star facendola a pezzi mentre gli agenti delimitavano la stanza. Quanto tempo le rimaneva? Voleva correre, trovarla, ma non aveva idea di dove cercare.

«Mettilo in un sacchetto», disse Graves all'agente che esaminava lo scalpo, poi si rivolse a Petrosky. «È tutto collegato fin dall'inizio. O Hannah Montgomery era il suo obiettivo fin dall'inizio, o è solo un'altra vittima casuale. Penso che il fatto che non sia sventrata sul pavimento come le altre indichi che lei fosse l'obiettivo, non un extra».

«Ha qualcosa di speciale in programma per lei», sussurrò Petrosky. Chinò la testa, sperando che non fosse già troppo tardi.

Se lo fosse stato, sarebbe stata tutta colpa sua.

Trova *Faminto* qui:
https://meghanoflynn.com

Per salvarsi, dovrà affrontare il serial killer più spietato del mondo.
Lei lo chiama semplicemente «Papà».

«Un viaggio da brivido che ti terrà con il fiato sospeso. O'Flynn è un maestro narratore.» *(Autore bestseller di USA*

Today, Paul Austin Ardoin) Quando Poppy Pratt parte per un viaggio nelle montagne del Tennessee con suo padre, un serial killer, è semplicemente felice di sfuggire alla loro farsa quotidiana. Ma, dopo una serie di sfortunate circostanze che li portano alla casa isolata di una coppia, scopre che sono molto più simili a suo padre di quanto avrebbe mai voluto… Perfetto per i fan di Gillian Flynn.

Filo Malvagio è il libro 1 della serie *Nato Cattivo*.

Filo Malvagio
CAPITOLO 1

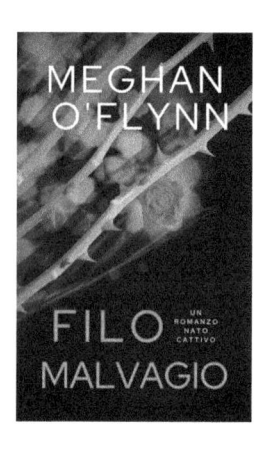

POPPY, ADESSO

Ho un disegno che tengo nascosto in una vecchia casa per bambole - beh, una casa per fate. Mio padre ha sempre insistito sul fantasioso, anche se in piccole dosi. Sono piccole stranezze come questa che ti rendono reale per le persone. Che ti rendono sicuro. Tutti hanno qualcosa di strano a cui si aggrappano nei momenti di stress, che sia ascoltare una canzone preferita o rannicchiarsi in una coperta confortevole, o parlare al cielo come se potesse rispondere. Io avevo le fate.

E quella piccola casa delle fate, ora annerita dalla fuliggine e dalle fiamme, è un posto buono come un altro per conservare le cose che dovrebbero essere scomparse. Non ho guardato il disegno dal giorno in cui l'ho portato a casa, non riesco nemmeno a ricordare di averlo rubato, ma posso descrivere ogni linea frastagliata a memoria.

I rozzi tratti neri che formano le braccia dell'omino stilizzato, la pagina strappata dove le linee scarabocchiate si incontrano - lacerate dalla pressione della punta del pastello. La tristezza della figura più piccola. Il sorriso orribile e mostruoso del padre, al centro esatto della pagina.

Ripensandoci, avrebbe dovuto essere un avvertimento - avrei dovuto capire, avrei dovuto scappare. Il bambino che l'aveva disegnato non c'era più per raccontarmi cosa fosse successo quando sono inciampata in quella casa. Il ragazzo sapeva troppo; era ovvio dal disegno.

I bambini hanno un modo di sapere cose che gli adulti non sanno - un senso di autoconservazione accentuato che perdiamo lentamente nel tempo mentre ci convinciamo che il formicolio lungo la nuca non sia nulla di cui preoccuparsi. I bambini sono troppo vulnerabili per non essere governati dalle emozioni - sono programmati per identificare le minacce con precisione chirurgica. Sfortunatamente, hanno una capacità limitata di descrivere i pericoli che scoprono. Non possono spiegare perché il loro insegnante fa paura o cosa li spinge a rifugiarsi in casa se vedono il vicino che li spia da dietro le persiane. Piangono. Si bagnano i pantaloni.

Disegnano immagini di mostri sotto il letto per elaborare ciò che non riescono ad articolare.

Fortunatamente, la maggior parte dei bambini non scopre mai che i mostri sotto il loro letto sono reali.

Io non ho mai avuto questo lusso. Ma anche da bambina, mi confortava il fatto che mio padre fosse un mostro più grande e più forte di qualsiasi cosa all'esterno potesse mai essere. Mi avrebbe protetto. Lo sapevo come un fatto certo, come altre persone sanno che il cielo è blu o che lo zio Earl razzista rovinerà il Ringraziamento. Mostro o no, lui era il mio mondo. E lo adoravo nel modo in cui solo una figlia può fare.

So che è strano da dire - amare un uomo anche se vedi i terrori che si nascondono sotto. La mia terapeuta dice che è normale, ma lei tende a indorare la pillola. O forse è così brava nel pensiero positivo che è diventata cieca al vero male.

Non sono sicura di cosa direbbe del disegno nella casa delle fate. Non sono sicura di cosa penserebbe di me se le dicessi che capisco perché mio padre ha fatto quello che ha fatto, non perché pensassi che fosse giustificato, ma perché lo capivo. Sono un'esperta quando si tratta delle motivazioni delle creature sotto il letto.

Ed è per questo, suppongo, che vivo dove vivo, nascosta nella natura selvaggia del New Hampshire, come se potessi tenere ogni frammento del passato oltre il confine della proprietà, come se una recinzione potesse impedire all'oscurità in agguato di insinuarsi attraverso le crepe. E ci sono sempre crepe, non importa quanto duramente si cerchi di tapparle. L'umanità è una condizione perigliosa, piena di tormenti autoindotti e vulnerabilità psicologiche, i "cosa se" e i "forse" contenuti solo da una pelle sottile come la carta, ogni centimetro della quale è abbastanza morbido da perforare se la tua lama è affilata.

Lo sapevo già prima di trovare il disegno, ovviamente, ma qualcosa in quelle linee frastagliate di pastello lo ha confermato, o forse lo ha fatto penetrare un po' più a fondo. Qualcosa è cambiato quella settimana in montagna.

Qualcosa di fondamentale, forse il primo barlume di certezza che un giorno avrei avuto bisogno di un piano di fuga. Ma sebbene mi piaccia pensare che stessi cercando di salvarmi fin dal primo giorno, è difficile dirlo attraverso la nebbia dei ricordi. Ci sono sempre buchi. Crepe.

Non passo molto tempo a rimuginare; non sono particolarmente nostalgica. Penso di aver perso per prima quella piccola parte di me stessa. Ma non dimenticherò mai il modo in cui il cielo ribolliva di elettricità, la sfumatura verdastra che si intrecciava tra le nuvole e sembrava scivolare giù per la mia gola e nei miei polmoni. Posso sentire la vibrazione nell'aria degli uccelli che si alzavano in volo con ali che battevano freneticamente. L'odore di terra umida e pino marcescente non mi lascerà mai.

Sì, fu la tempesta a renderlo memorabile; furono le montagne.

Fu la donna.

Fu il sangue.

Trova *Filo Malvagio* qui:
https://meghanoflynn.com

Trova altri libri di Meghan O'Flynn qui:
https://meghanoflynn.com

L'AUTORE

Con libri definiti «viscerali, inquietanti e completamente coinvolgenti» (New York Times Bestseller Andra Watkins), Meghan O'Flynn ha lasciato il suo segno nel genere thriller. Meghan è una terapeuta clinica che trae ispirazione per i suoi personaggi dalla sua conoscenza della psiche umana. È l'autrice bestseller di romanzi polizieschi crudi e thriller su serial killer, tutti i quali portano i lettori in un viaggio oscuro, coinvolgente e impossibile da mettere giù, per cui Meghan è famosa. Scopri di più su https://meghanoflynn.com!

Vuoi sapere di più su Meghan?
https://meghanoflynn.com